菜英文
Easy English
實用會話篇

國家圖書館出版品預行編目資料

菜英文・實用會話篇 / 張瑜凌編著
-- 二版. -- 新北市 : 雅典文化, 民107.04
面 ; 公分. -- (全民學英文 ; 50)
ISBN 978-986-96086-2-6(平裝附光碟片)

1. 英語 2. 會話

805.188 107002754

全民學英文系列 50

菜英文・實用會話篇

編著／張瑜凌
責任編輯／張瑜凌
美術編輯／王國卿
封面設計／林鈺恆

法律顧問：方圓法律事務所／涂成樞律師

總經銷：永續圖書有限公司
永續圖書線上購物網
www.foreverbooks.com.tw

CVS代理／美璟文化有限公司
TEL：（02）2723-9968
FAX：（02）2723-9668

出版日／2018年04月

雅典文化

出版社
22103 新北市汐止區大同路三段194號9樓之1
TEL （02）8647-3663
FAX （02）8647-3660

前言 快速掌握「英文實用會話」的全方位學習法！

您是否也為了看不懂英文的音標而對英文產生陌生感呢？

誰說一定要唸過英文才會開口說英文呢？

別以為一定要出國才能說得一口流利的英文！

「菜英文【實用會話篇】」為您提供英文會話學習的全方位解決方案！本書首創利用「中文發音」的口語發音模式，協助您克服英文發音的困難，讓您也能夠快速地掌握英文單字的發音訣竅。只要您會說中文，就一定可以輕輕鬆鬆開口說英文！

利用道地的英文片語學習模式、搭配「中文發音」的學習技巧，提供五大學習單元：時間、行動、狀況、生活、工作，讓您能夠在最短的時間內，便能瞭解如何開口說英文！

「菜英文【實用會話篇】」還提供MP3外師導讀光碟，建議您跟隨外師朗讀的速度與音調，練習您的口語速度。再以外師的發音為主、「中文發音」的音譯為輔，隨時修正、加強您的英文發音，以彌補您在音標學習上的不足。透過這一系列的導讀練習，相信您的英文一定會快速進步！

Chapter 1 時間劇

Chapter 2 行動劇

Chapter 3 狀況劇

Chapter 4 生活劇

Chapter 5 工作劇

1
2
3

Chapter

1

時間劇

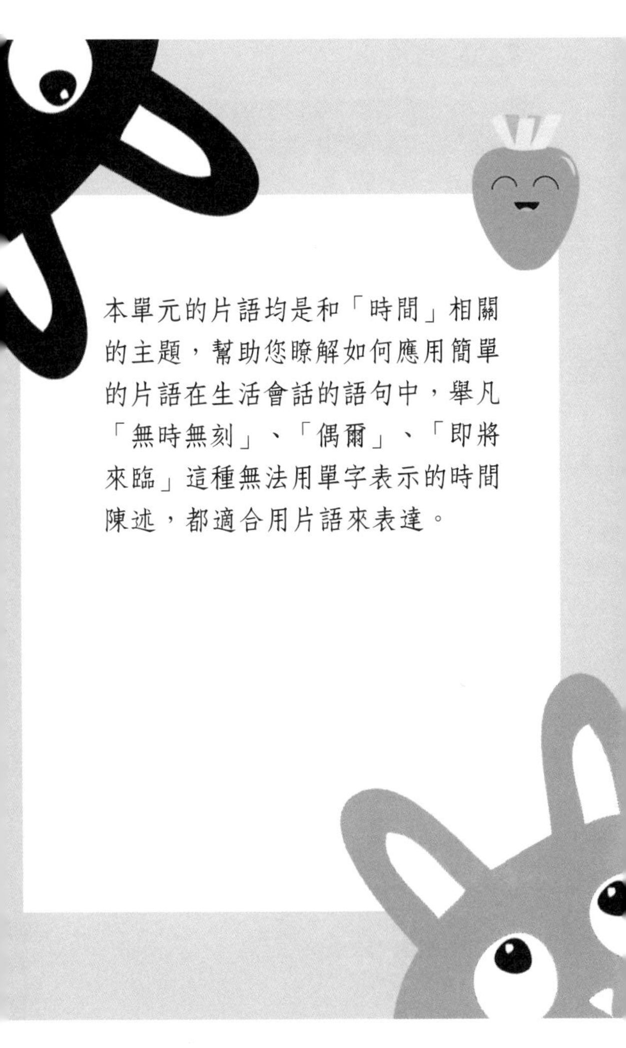

本單元的片語均是和「時間」相關的主題，幫助您瞭解如何應用簡單的片語在生活會話的語句中，舉凡「無時無刻」、「偶爾」、「即將來臨」這種無法用單字表示的時間陳述，都適合用片語來表達。

每天

every day

MP3 001

世肥瑞　得

中 你有去上學嗎？

A：英 Do you go to school?

音 睹　優　購　兔　斯庫兒

中 有，我每天都去上學。

B：英 Yes, I go to school every day.

音 夜司　愛 購　兔　斯庫兒　世肥瑞　得

中 你經常什麼時候起床的？

A：英 What time do you usually get up?

音 華特　太ㄇ　睹　優　右左裡　給特　阿鋪

中 七點鐘的時候。我每天早上都很早起床。

B：英 At seven o'clock. I get up early every day.

音 ㄟ　塞門　A克拉克 愛 給特 阿鋪 兒裡 世肥瑞　得

每一天

♠ **every single day**

世肥瑞　心夠　得

中 你今天有打電話給約翰嗎？
A: 英 Did you call John today?
音 低 優 摳 強 特得

中 我每天都有試著打電話給他。
B: 英 I tried to call him every single day.
音 愛 踹的 兔 摳 恨 世肥瑞 心夠 得

相關

每晚
♠ **every night**
世肥瑞 耐特

中 我每天晚上都回來。
A: 英 I come back every night.
音 愛 康 貝克 世肥瑞 耐特

中 為什麼？
B: 英 What for?
音 華特 佛

每天

day after day

MP3 002

得 せ副特 得

中 這件事每天都發生。
A：英 It keeps coming up day after day.
音 一特 機鋪斯 康密因 阿鋪 得 せ副特 得

中 為什麼？
B：英 How come?
音 好 康

中 嘿，你好嗎？
A：英 Hey, how are you doing?
音 嘿 好 阿 優 督引

中 我每一天都很忙。
B：英 I'm so busy day after day.
音 愛門 蒐 逼日 得 せ副特 得

中 走吧！我請你喝一杯！
A：英 Come on, let me buy you a drink.
音 康 忘 勒 密 百 優 さ 朱因克

中 為什麼他每天都要做這件事？
A：英 Why did he do this day after day?
音 壞 低 ㄏ一 睹 利斯 得 せ副特 得

中 呃…我真的不知道耶！
B：英 Well, I don't really know.
音 威爾 愛 動特 瑞兒裡 弄

日以繼夜

day and night 

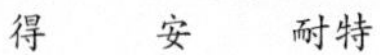

得 安 耐特

中 我一直都有聽到一些聲音。
A：英 I hear some voices day and night.
音 愛ㄏ一爾 桑 佛因撕一撕 得 安 耐特

中 真的嗎？我都沒聽到！
B：英 Really? I heard nothing.
音 瑞兒裡 愛 喝得 那性

中 我也沒有！
C：英 Me, either.
音 密 一惹

中 他怎麼了？
A：英 What happened to him?
音 華特 黑噴的 兔 恨

中 他日以繼夜都一直在說話。
B：英 He kept talking day and night.
音 ㄏ一 給波的 透ㄍ一因 得 安 耐特

中 他有什麼問題嗎？
A：英 Is something wrong with him?
音 意思 桑性 弄 位斯 恨

經常
♠ **all the time**
歐 勒 太ㄇ

中 約翰一直打電話給我。
A：英 John kept calling me all the time.
音 強 給波的 摳林 密 歐 勒 太ㄇ

中 為什麼？他怎麼了？
B：英 Why? What's the matter with him?
音 壞 華資 勒 妹特耳 位斯 恨

中 誰知道！
A：英 Who knows!
音 乎 弄斯

一天天地

day by day

MP3 004

得 百 得

中 你父親好嗎？
A：英 How is your father?
音 好 意思 幼兒 發得兒

中 他一天比一天虛弱！
B：英 Day by day he became weaker.
音 得 百 得 ㄏㄧ 逼給悶 屋一課耳

中 喔，真是遺憾！
A：英 Oh, I'm sorry to hear that.
音 喔 愛門 蒐瑞 兔 ㄏㄧ爾 類

中 天氣一天比一天熱了。
A：英 It's getting hotter day by day.
音 依次 給聽 哈特耳 得 百 得

中 是啊！夏天快到了！
B：英 Yeah, summer is around the corner.
音 訝 薩某 意思 婀壯 勒 摳呢

中 艾瑞克好嗎？
A：英 Is Eric OK?
音 意思 艾瑞克 OK

中 他一天比一天老了！
B：英 He's getting old day by day.
音 ㄏ一斯 給聽 歐 得 百 得

中 我們一天比一天還親密。
A：英 We're getting closer day by day.
音 屋阿 給聽 克樓斯兒 得 百 得

中 真為你們感到高興！
B：英 I'm so glad to hear that.
音 愛門 蒐 葛雷得 兔 ㄏ一爾 類

前幾天

the other day

MP3 005

勒 阿樂 得

中 你前幾天不是遇見過約翰嗎？
A：英 Didn't you see John the other day?
音 低等 優 吸 強 勒 阿樂 得

中 是啊！怎麼啦？
B：英 Yeap! Why?
音 夜怕 壞

中 喔，沒事啦！
A：英 Oh, never mind.
音 喔 耐摩 麥得

中 你回來後做了什麼事？
A：英 What did you do since you came back?
音 華特 低 優 賭 思恩思 優 給悶 貝克

中 我前幾天有去拜訪我的朋友。
B：英 I visited my friends the other day.
音 愛咪Z踢的 買 富賴得撕 勒 阿樂 得

A：中 我認識他們嗎？
英 Do I know them?
音 賭 愛 弄 樂門

B：中 應該是不認識！
英 I don't think so.
音 愛 動特 施恩克 蒐

前天
♠ **the day before yesterday**
勒 得 必佛 夜司特得

會 話

A：中 我前天弄丟我的皮夾了！
英 I lost my wallet the day before yesterday.
音 愛 漏斯特 買 挖裡特 勒 得 必佛 夜司特得

B：中 你沒有找到？
英 You didn't find it?
音 優 低等 煩的 一特

A：中 沒啊！
英 Nope!
音 弄破

一整天的時間

all day long

歐　得　龍

中 你要做什麼事？
A: 英 What are you going to do?
音 華特　阿　優　勾引　兔　賭

中 我打算一整天都要看電視！
B: 英 I'm planning to watch TV all day long.
音 愛門　不蘭引　兔　襪區　踢飛 歐　得　龍

中 我已經找了你一整天。
A: 英 I've been looking for you all day long.
音 愛夫　兵　路克引　佛　優　歐　得　龍

中 是嗎？有什麼事？
B: 英 Yeah? What's up?
音 訝　華資　阿舖

整天
♠ **all day**
歐　得

中 今天一整天都在下雨。
A：英 It's rained all day today.
音 依次　瑞安的　歐　得　特得

中 你知道的，我不喜歡（下雨）。
B：英 I hate it, you know.
音 愛　黑特　一特　優　弄

將來總有一天

some day

MP3 007

桑　得

中 我將來要去日本。
A：英 I'd like to go to Japan some day.
音 愛屋　賴克　兔　購　兔　假潘　桑　得

中 為什麼？
B：英 What for?
音 華特　佛

會話

中 再見囉！
A:英 I'll see you some day.
音 愛我 吸 優 桑 得

中 好，再見！
B:英 OK. Bye.
音 OK 拜

會話

中 後會有期。
A:英 We'll meet again some day.
音 屋依我 密 愛乾 桑 得

中 好，我很期待這一天。
B:英 Sure. I'm looking forward to it.
音 秀 愛門 路克引 佛臥得 兔 一特

類似

改天
♠ **some other day**
桑 阿樂 得

A:
中 試著改天打電話給他吧！
英 Try to call him some other day.
音 踹 兔 摳 恨 桑 阿樂 得

B:
中 好，我會的！
英 Of course, I will.
音 歐夫 寇斯 愛 我

未來的某一天

one day

萬 得

A:
中 你將來會再去東京。
英 You'll go to Tokyo again one day.
音 優我 購 兔 偷其歐 愛乾 萬 得

B:
中 呃，我不知道耶！
英 Well, I don't really know...
音 威爾 愛 動特 瑞兒裡 弄

中 你的計畫是什麼？
A：英 What's your plan?
音 華資 幼兒 不蘭

中 我將來要去迪士尼樂園。
B：英 I'll visit Disneyland one day.
音 愛我 咪Z特 迪士尼 萬 得

中 他總有一天會懂得這一點。
A：英 He'll come to realize it one day.
音 ㄏ一我 康 兔 瑞爾來日 一特 萬 得

中 我等不及啊！
B：英 I just can't wait.
音 愛賈斯特 肯特 位特

一天的時間
♠ **one day**
萬 得

中 太多壓力對你是不好的！
A：英 Too much pressure is not good for you.
音 兔 罵區 鋪來揪 意思那 估的 佛 優

中 我現在該怎麼做？
B：英 How shall I do now?
音 好 修 愛 賭 惱

中 一天做一件事就好！
A：英 Just do it one day at a time.
音 賈斯特 賭 一特 萬 得 ㄟ ㄜ 太ㄇ

從今以後

in the future

引 勒 佛一求

中 從今以後小心一點，好嗎？
A：英 Be careful in the future, OK?
音 逼 卡耳佛 引 勒 佛一求 OK

中 抱歉，我不會再犯了！
B：英 Sorry, I won't do it again.
音 蒐瑞　愛　甕　賭一特　愛乾

會話

中 以後他就是你的老闆！
A：英 In the future he's your boss.
音 引　勒　佛一求　厂一斯　幼兒　伯斯

中 為什麼？你不相信我嗎？
B：英 Why? Don't you believe me?
音 壞　動特　優　逼力福　密

中 不，我不信！
A：英 No, I don't.
音 弄　愛　動特

會話

中 我對未來充滿信心。
A：英 I'm confident in the future.
音 愛門　康福等特　引　勒　佛一求

中 我真為你感到高興！
B：英 I'm glad to hear that.
音 愛門　葛雷得　兔　厂一爾　類

中 你以後要做什麼？
A：英 What are you going to do in the future?
音 華特 阿 優 勾引 兔 賭 引 勒 佛一求

中 我不知道！
B：英 I don't know.
音 愛 動特 弄

目前
right now

軟特 惱

中 有空嗎？
A：英 Got a minute?
音 咖 ㄜ 咪逆特

中 我現在很忙耶！
B：英 I'm quite busy right now.
音 愛門 快特 逼日 軟特 惱

中 我們最好現在就離開。
A：英 We'd better leave right now.
音 屋一的 杯特 力夫 軟特 惱

中 拜託不要現在！
B：英 Not now, please.
音 那 惱 普利斯

中 就是你！現在馬上過來這裡。
A：英 Hey, you! Come over here right now.
音 嘿 優 康 歐佛 ㄏ一爾 軟特 惱

中 有什麼事？
B：英 What's up?
音 華資 阿鋪

現在
♠ **at the moment**
ㄟ 勒 摩門特

A: 中 現在在忙嗎？
英 Keeping busy now?
音 機鋪引 逼日 惱

B: 中 我現在正在忙這件事。
英 I'm in the middle of it at the moment.
音 愛門 引 勒 米斗 歐夫 一特 ㄟ 勒 摩門特

立即

right away

MP3 011

軟特 ㄟ為

A: 中 你得要立即改變！
英 You have to change it right away.
音 優 黑夫 兔 勸居 一特 軟特 ㄟ為

B: 中 為什麼我得這麼做？
英 Why shall I?
音 壞 修 愛

中 他沒有馬上回答。
A: 英 He didn't answer me right away.
音 ㄏ一 低等 安色 密 軟特 ㄟ為

中 為什麼沒有？發生什麼事了？
B: 英 Why not? What happened?
音 壞 那 華特 黑噴的

中 馬上收好你的玩具。
A: 英 Put away your toys right away.
音 鋪 ㄟ為 幼兒 頭乙斯 軟特 ㄟ為

中 好的！
B: 英 Yes, sir.
音 夜司 捨

馬上
♠ **right now**
軟特 惱

A: 中 你的答案是什麼？
英 What's your answer?
音 華資 幼兒 安色

B: 中 可是我們必須要…
英 But we have to...
音 霸特 屋依 黑夫 兔

A: 中 馬上回答我的問題！
英 Answer my question right now.
音 安色 買 魁私去 軟特 惱

A: 中 你應該馬上打電話給傑克。
英 You ought to give Jack a call right now.
音 優 嘔特 兔 寄 傑克 ㄜ 摳 軟特 惱

B: 中 我沒有他的電話號碼！
英 I don't have his phone number.
音 愛 動特 黑夫 ㄏ一斯 封 拿波

即刻

at once

ㄟ 萬斯

中 馬上做你的功課！

A：英 Do your homework at once.

音 賭 幼兒 厚臥克 ㄟ 萬斯

中 好的，老師！

B：英 Yes, madam.

音 夜司 妹登

中 他們馬上開始打棒球。

A：英 They started playing baseball at once.

音 勒 司打的 鋪淚銀 貝斯伯 ㄟ 萬斯

中 他們有贏了嗎？

B：英 Did they win?

音 低 勒 屋依

中 他們當然有！

A：英 Of course they did.

音 歐夫 寇斯 勒 低

中 我要求約翰立即走開！
A：英 I ask John to go away at once.
音 愛 愛斯克 強 兔 購 ㄟ為 ㄟ 萬斯

中 然後發生什麼事？
B：英 What happened then?
音 華特 黑噴的 蘭

中 然後他就開槍射殺那個年輕男孩。
A：英 Then he shot that young boy.
音 蘭 ㄏㄧ 下特 類 羊 伯ㄛ

此時此刻

at the moment

ㄟ 勒 摩門特

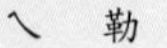

中 你知道他現在人在哪裡嗎？
A：英 Do you know where he is now?
音 賭 優 弄 灰耳 ㄏㄧ 意思 惱

中 我不知道他現在人在哪裡。
B：英 I don't know where he is at the moment.
音 愛 動特 弄 灰耳 ㄏㄧ 意思 ㄟ 勒 摩門特

中 你確定嗎？
A：英 Are you sure about it?
音 阿 優 秀 せ保特 一特

中 當然啊！
B：英 Sure.
音 秀

中 現在忙嗎？
A：英 Busy now?
音 逼日 惱

中 是啊，我現在很忙。
B：英 Yeap, I'm quite busy at the moment.
音 夜怕 愛門 快特 逼日 ㄟ 勒 摩門特

中 你現在有和她住在一起嗎？
A：英 Are you staying with her at the moment?
音 阿 優 斯得引 位斯 喝 ㄟ 勒 摩門特

中 有啊，我有！為什麼這麼問？
B：英 Yes, I am. Why?
音 夜司 愛 M 壞

一旦…立即…

as soon as

MP3 014

ㄟ斯　訓　ㄟ斯

中 我們在他回來時就分手了。
A: 英 We broke up as soon as he came back.
音 屋依 不羅客 阿鋪 ㄟ斯 訓 ㄟ斯 ㄏ一 給悶 貝克

中 喔，真是遺憾！
B: 英 Oh, I'm sorry to hear that.
音 喔 愛門 蒐瑞 兔 ㄏ一爾 類

中 不用擔心我！
A: 英 Don't worry about me.
音 動特 窩瑞 せ保特 密

中 我一抵達台北就會打電話給你。
A: 英 I'll call you as soon as I arrive in Taipei.
音 愛我 摳 優 ㄟ斯 訓 ㄟ斯 愛 阿瑞夫 引 台北

中 你保證？
B: 英 Promise?
音 趴摩斯

中 我保證！
A: 英 I promise.
音 愛 趴摩斯

盡可能地快速
♠ **as soon as**
ㄟ斯 訓 ㄟ斯

中 我們會盡可能的快一點！
A: 英 We'll come as soon as we can.
音 屋依我 康 ㄟ斯 訓 ㄟ斯 屋依 肯

中 太感謝你了！
B: 英 Thank you so much.
音 山揪兒 蒐 罵區

隨後立即

in a moment

MP3 015

引 ㄊ 摩門特

中 你會做什麼？
A: 英 What will you do?
音 華特 我 優 賭

中 我等一下會馬上回電話給史密斯先生。
B: 英 I'll call Mr. Smith back in a moment.
音 愛我 摳 密斯特 史密斯 貝克 引 ㄊ 摩門特

中 準備好了嗎？
A: 英 Ready?
音 瑞底

中 我等一下馬上就準備好！
B: 英 I'll be ready in a moment.
音 愛我 逼 瑞底 引 ㄊ 摩門特

中 快一點！
A: 英 Come on! Hurry up!
音 康 忘 喝瑞 阿舖

中 我等一下會馬上修理好機器。
A: 英 I'll fix the machine in a moment.
音 愛我 ㄈㄧ斯 勒 麥迪訓 引 ㄜ 摩門特

中 太感謝你了！
B: 英 Thank you so much.
音 山揪兒 蒐 罵區

盡可能的立即

as soon as possible

MP3 016

ㄟ斯 訓 ㄟ斯 趴色伯

中 盡快回我電話！
A: 英 Call me back as soon as possible.
音 摳 密 貝克 ㄟ斯 訓 ㄟ斯 趴色伯

中 好的！我會的！
B: 英 Sure. I will.
音 秀 愛我

中 太感謝你了！
A：英 Thank you so much.
音 山揪兒 蒐 罵區

中 要盡快寄出這封信！
A：英 Send this letter as soon as possible.
音 善的 利斯 類特 ㄟ斯 訓 ㄟ斯 趴色伯

中 我？不要這樣嘛！為什麼又是我？
B：英 Me? Come on, why me again?
音 密 康 忘 壞 密 愛乾

中 做就對了！
A：英 Just do it.
音 賈斯特 賭 一特

中 你什麼時候要？
A：英 When do you want it?
音 昏 賭 優 忘特 一特

中 盡可能快一點！
B：英 As soon as possible.
音 ㄟ斯 訓 ㄟ斯 趴色伯

依規劃的時程

on schedule

MP3 017

忘　　司給九

中 火車一定會按時刻表準時到達。

A: 英 The train is sure to arrive on schedule.

音 勒　春安 意思　秀　免　阿瑞夫　忘　　司給九

中 你確定？

B: 英 Are you sure about it?

音 阿　優　　秀　　せ保特 一特

中 是啊！我很確定！

A: 英 Yeap, I am so sure.

音 夜怕　愛 M　蒐　秀

中 會議不會按時舉行。

A: 英 The meeting won't be held on schedule.

音 勒　密挺引　甕　逼 ㄏ一的 忘　司給九

中 為什麼不會？

B: 英 Why not?

音 壞　那

中 已經依進度完成了！
A：英 It was completed on schedule.
音 一特 瓦雌 抗舖力踢的 忘 司給九

中 酷喔！
B：英 This is cool.
音 利斯 意思 酷喔

中 我們已經如期完成了！
A：英 We've done it on schedule.
音 為夫 檔 一特 忘 司給九

中 那又怎麼樣？又沒有用！
B：英 So what? It's not working.
音 蒐 華特 依次 那 臥慶

比原訂計畫晚
behind schedule

MP3 018

逼害　司給九

中 這個計畫延誤。
A: 英 The project is behind schedule.
音 勒　破傑特 意思　逼害　司給九

中 你不做點補救嗎？
B: 英 Don't you do something?
音 動特　優　賭　桑性

中 抱歉，辦不到！
A: 英 Sorry, I can't.
音 蒐瑞　愛 肯特

中 我和約翰在他的辦公室會面。
A: 英 I met John in his office.
音 愛 妹特　強　引 ㄏ一斯 歐肥斯

中 什麼時候的事了？
B: 英 When?
音 昏

中 比原定時間晚三天。
A：英 It's three days behind schedule.
音 依次 樹裡 得斯 逼害 司給九

中 他又說了什麼？
B：英 What did he say then?
音 華特 低 ㄏㄧ 塞 蘭

中 進度又落後了嗎？
A：英 Is it behind schedule again?
音 意思 一特 逼害 司給九 愛乾

中 抱歉，我盡力了！
B：英 Sorry. I did my best.
音 蒐瑞 愛 低 買 貝斯特

在當時

at the time

MP3 019

ㄟ 勒 太ㄇ

中 你當時看見什麼？

A：英 What did you see at the time?

音 華特 低 優 吸 ㄟ 勒 太ㄇ

中 完全沒看見什麼！

B：英 Nothing at all.

音 那性 ㄟ 歐

中 不可能啊！

A：英 It's impossible.

音 依次 因趴色伯

中 你可以說明一下發生什麼事了嗎？

A：英 Can you describe what happened?

音 肯 優 低司傀婆 華特 黑噴的

中 當下我什麼都不知道。

B：英 I didn't know anything at the time.

音 愛 低等 弄 安尼性 ㄟ 勒 太ㄇ

中 當時你在哪裡？
A：英 Where were you?
音 灰耳 我兒 優

中 當時我人正在東京。為什麼這麼問？
B：英 I was in Tokyo at the time. Why?
音 愛瓦雌 引 偷其歐 ㄟ 勒 太ㄇ 壞

中 你有接到他的電話嗎？
A：英 Did you get his call?
音 低 優 給特 ㄏ一斯 摳

及時

in time

MP3 020

引 太ㄇ

中 我們及時趕上那場秀。
A：英 We arrived just in time for the show.
音 屋依 阿瑞夫的 賈斯特 引 太ㄇ 佛 勒 秀

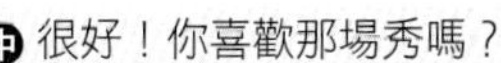

中 很好！你喜歡那場秀嗎？
B：英 Good. How would you like the show?
音 估的 好 屋楸兒 賴克 勒 秀

中 糟透了！
A：英 It sucks!
音 一特 薩客司

中 我確信我們會及時完成報告。
A：英 I'm sure we'll finish the report in time.
音 愛門 秀 屋依我 ㄈ尼續 勒 蕊破特 引 太ㄇ

中 不是開玩笑的吧？
B：英 No kidding?
音 弄 ㄎ一ㄒ

中 要試著及時趕到這裡。
A：英 Try to be here in time.
音 踹 兔 逼 ㄏ一爾 引 太ㄇ

中 我會的！
B：英 I will.
音 愛 我

中 你有及時搭上飛機嗎？
A：英 Did you catch your plane in time?
音 低 優 凱區 幼兒 不蘭 引 太ㄇ

中 有，我有！
B：英 Yes, I did.
音 夜司 愛 低

中 很好！
A：英 Good.
音 估的

準時

on time

MP3 021

忘 太ㄇ

中 飛機會準時抵達。
A：英 The plane is expected to arrive on time.
音 勒 不蘭 意思 醫師波特踢的 免 阿瑞夫 忘 太ㄇ

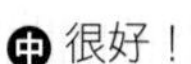

中 很好！
B：英 Good.
音 估的

中 現在太晚了！
A：英 It's too late now.
音 依次 兔 淚特 惱

中 不用擔心！我會準時到達那裡。
B：英 Don't worry. I'll be there on time.
音 動特 窩瑞 愛我 逼 淚兒 忘 太ㄇ

中 我會準時到家。
A：英 I'll be home on time.
音 愛我 逼 厚 忘 太ㄇ

中 你確定嗎？
B：英 Are you sure?
音 阿 優 秀

中 當然啊！怎麼不會？
A：英 Sure! Why not?
音 秀 壞 那

中 你會準時抵達，對吧？
A：英 You'll be there on time, won't you?
音 優我 逼 淚兒 忘 太ㄇ 甕 優

中 我當然會！
B：英 Of course, I will.
音 歐夫 寇斯 愛 我

從一開始就…

all along

MP3 022

歐 A 弄

中 約翰從一開始就在欺騙我們。
A：英 John has been cheating us all along.
音 強 黑資 兵 竊聽 惡斯 歐 A 弄

中 你為什麼會這麼認為？
B：英 What makes you think so?
音 華特 妹克斯 優 施恩克 蒐

中 我就知道！
A：英 I just knew it.
音 愛賈斯特 紐 一特

中 我從一開始就不喜歡那個傢伙。
A：英 I don't like that guy all along.
音 愛 動特 賴克 類 蓋 歐 A弄

中 真的嗎？為什麼不喜歡？
B：英 Really? Why not?
音 瑞兒裡 壞 那

中 你不覺得他太年輕嗎？
A：英 Don't you think he's too young?
音 動特 優 施恩克 ㄏ一斯 兔 羊

中 你知道嗎？我們贏了！
A：英 You know what? We won!
音 優 弄 華特 屋依 王

中 我們要去慶祝一下！
B：英 We're going to celebrate.
音 屋阿 勾引 兔 塞樂伯特

中 我始終認為你們會贏得勝利的。
C：英 I know all along that you're going to win.
音 愛 弄 歐 A弄 類 優矮 勾引 兔 屋依

經常
all the time

MP3 023

歐 勒 太ㄇ

中 不要老是批評我！
A：英 Stop criticizing me all the time.
音 司踏不 潰堤賽停 密 歐 勒 太ㄇ

中 抱歉啦！
B：英 Sorry!
音 蒐瑞

中 我老是要照顧著你！
A：英 I have to take care of you all the time.
音 愛 黑夫 兔 坦克 卡耳 歐夫 優 歐 勒 太ㄇ

🀄 好！那就不要管我！

B：英 Fine. Just leave me alone.

音 凡　貫斯特　力夫　密　A弄

會話

中 他是個麻煩製造者。

A：英 He's a troublemaker.

音 ㄏ一斯 ㄜ　插伯 妹克爾

中 一直都是嗎？

B：英 All the time?

音 歐　勒　太ㄇ

中 是啊！

A：英 Yeah!

音 訝

中 他以前老是這麼做！

A：英 He used to do it all the time!

音 ㄏ一　ㄡ司的　兔　賭一特 歐　勒　太ㄇ

中 真是不可思議。

B：英 It's incredible.

音 依次　引魁地薄

永遠

for good

佛 估的

A: 中 你認為呢？
英 What do you think?
音 華特 賭 優 施恩克

B: 中 她說她要永遠離開他。
英 She says she's leaving him for good.
音 需 塞斯 需一斯 力冰 恨 佛 估的

A: 中 他永遠不會回來了！
英 He won't come back for good.
音 ㄏ一 甕 康 貝克 佛 估的

B: 中 真的嗎？我真是不敢相信！
英 Really? I can't believe it.
音 瑞兒裡 愛 肯特 逼力福 一特

A: 中 我這一次會永遠的離開。
英 I'm leaving for good this time.
音 愛門 力冰 佛 估的 利斯 太ㄇ

中 拜託，不要離開我！
B：英 Don't leave me. Please!
音 動特 力夫 密 普利斯

會話

中 你要和我們住在一起嗎？
A：英 Are you staying with us?
音 阿 優 斯得引 位斯 惡斯

中 是啊！永遠都要！
B：英 Yeah, for good.
音 訝 佛 估的

事前

in advance

引 阿得凡司

中 你有事先和約翰確認過了嗎？
A：英 Did you confirm it with John in advance?
音 低 優 康粉 一特 位斯 強 引 阿得凡司

中 我有啊！有問題嗎？
B：英 I did. What's wrong?
音 愛 低 華資 弄

中 沒事！我只是好奇！
A：英 Nothing. I'm just curious.
音 那性 愛門 賈斯特 揪瑞而撕

會話

中 請事先讓我知道。
A：英 Please let me know in advance.
音 普利斯 勒 密 弄 引 阿得凡司

中 好的，我當然會！
B：英 Sure, I will.
音 秀 愛 我

中 很好！
A：英 Good.
音 估的

會話

中 如果你趕不及的話…
A：英 If you can't make it...
音 一幅 優 肯特 妹克 一特

中 我會事先讓你知道。
B：英 I'd let you know in advance.
音 愛屋 勒 優 弄 引 阿得凡司

中 太感謝你了！
A：英 Thank you so much.
音 山揪兒 蒐 罵區

中 不客氣！
B：英 No problem.
音 弄 撲拉本

即將

before long

026

必佛 龍

中 艾瑞克人在哪裡？
A：英 Where is Eric?
音 灰耳 意思 艾瑞克

中 他應該很快就會回來了！
B：英 He should be home before long.
音 ㄏ一 秀得 逼 厚 必佛 龍

中 呃，你的想法呢？

A：英 Well, what's your idea?

音 威爾 華資 幼兒 愛滴兒

中 我們很快就會下決定。

B：英 We'll make a decision before long.

音 屋依我 妹克 ㄜ 低日訓 必佛 龍

遲早會發生

♠ **sooner or later**

訓泥爾 歐 淚特

中 她早晚會回來的！

A：英 She will come back sooner or later.

音 需 我 康 貝克 訓泥爾 歐 淚特

中 我等不及要見她！

B：英 I can't wait to see her.

音 愛 肯特 位特 兔 吸 喝

（某時間）即將來臨

around the corner

MP3 027

婀壯　勒　摳呢

中 耶誕節就快到了。
A：英 The Christmas is around the corner.
音 勒　苦李斯悶斯　意思　婀壯　勒　摳呢

中 我討厭耶誕節！
B：英 I hate Christmas.
音 愛 黑特　苦李斯悶斯

中 你認為呢？
A：英 What would you say?
音 華特　屋揪兒　塞

中 勝利就在眼前。
B：英 Victory is just around the corner.
音 飛特瑞　意思 賈斯特　婀壯　勒　摳呢

（某地點）在附近
♠ around the corner
婀壯　勒　摳呢

A：中 你知道附近有公園嗎？
英 Do you know any parks nearby?
音 賭 優 弄 安尼 怕課斯 尼爾掰

B：中 有啊，這附近就有一個公園。
英 Yes. There's a park around the corner.
音 夜司 淚兒斯 ㄜ 怕課 婀壯 勒 摳呢

A：中 這附近有一家咖啡廳。
英 There's a cafeteria around the corner.
音 淚兒斯 ㄜ 卡佛踢瑞爾 婀壯 勒 摳呢

B：中 很好！我們走吧！
英 Good. Let's go now.
音 估的 辣資 購 惱

截至目前為止

so far

蒐　罰

會話

中 截至目前為止，沒有人完成功課。
A：英 So far, no one finished the homework.
音 蒐　罰　弄　萬　非尼續的　勒　厚臥克

中 喔，太可惜了！
B：英 Oh, it's too bad.
音 喔　依次　兔　貝特

會話

中 截至目前為止，你對台灣有什麼想法？
A：英 What do you think of Taiwan so far?
音 華特　賭　優　施恩克 歐夫　台灣　蒐　罰

中 在台灣的人們都很友善！
B：英 People are friendly in Taiwan.
音 批剖　阿　富懶得理　引　台灣

會話

中 新工作還適應嗎？
A：英 How's your new job?
音 好撕　幼兒　紐　假伯

中 目前為止還不錯！
B：英 So far, so good.
音 蒐 罰 蒐 估的

中 你有多少錢？
A：英 How much did you have?
音 好 罵區 低 優 黑夫

中 到目前為止嗎？
B：英 So far?
音 蒐 罰

中 是啊！
A：英 Yeah!
音 訝

中 我看看…在這裡。
B：英 Let's see... here you are.
音 辣資 吸 ㄏ一爾 優 阿

在手邊、即將來臨

at hand

 029

ㄟ　和的

中 可以借我你的書嗎？
A: 英 May I borrow your books?
音 美　愛　八肉　幼兒　不克斯

中 我的書不在手邊。
B: 英 I don't have my books at hand.
音 愛 動特　黑夫　買　不克斯　ㄟ　和的

中 他手邊總是放一本辭典。
A: 英 He always keeps a dictionary at hand.
音 ㄏ一　歐維斯　機舖斯　ㄜ　低尋耐蕊　ㄟ　和的

中 哪一種辭典？
B: 英 What kind of dictionary?
音 華特　砍特　歐夫　低尋耐蕊

即將到來
♠ at hand
ㄟ　和的

A: 中 我們相信這個偉大的日子就要到來。
英 We believe that the great day is at hand.
音 屋依 逼力福 類 勒 鬼雷特 得 意思 ㄟ 和的

B: 中 你真的這麼認為？
英 You really think so?
音 優 瑞兒裡 施恩克 蒐

A: 中 是啊，為什麼不是？
英 Yeah, why not?
音 訝 壞 那

A: 中 快要考試了。
英 The examinations are at hand.
音 勒 一日麼瑞訓斯 阿 ㄟ 和的

B: 中 什麼考試？
英 What examinations?
音 華特 一日麼瑞訓斯

A: 中 數學考試啊！記得嗎？
英 The math exam. Remember?
音 勒 賣師 一任 瑞敏波

在週末

on the weekend

MP3 030

忘 勒 屋一肯特

中 你要怎麼過這個週末？

A: 英 How will you spend this weekend?

音 好 我 優 死班 利斯 屋一肯特

中 在週末我會去拜訪我的父母。

B: 英 I'll visit my parents on the weekend.

音 愛我 咪Z特 買 配潤斯 忘 勒 屋一肯特

中 你週末有什麼計畫？

A: 英 What's your plan for the weekend?

音 華資 幼兒 不蘭 佛 勒 屋一肯特

中 我們週末時經常會外出。

B: 英 We usually go out on the weekend.

音 屋依 右左裡 購 凹特 忘 勒 屋一肯特

中 我們會在週末出去。

A: 英 We'll go out on the weekend.

音 屋依我 購 凹特 忘 勒 屋一肯特

中 想要和我們一起去嗎？
B：英 Wanna come with us?
音 望難 康 位斯 惡斯

中 聽起來不錯耶！
C：英 Sounds great.
音 桑斯 鬼雷特

度週末
♠ **for the weekend**
佛 勒 屋一肯特

會話

中 你週末有什麼計畫嗎？
A：英 Do you have any plans for the weekend?
音 賭 優 黑夫 安尼 不蘭斯 佛 勒 屋一肯特

中 沒有啊！怎麼了？
B：英 No. Why?
音 弄 壞

無時無刻

at all times

MP3 031

ㄟ　歐　太ㄇ斯

中 他無時無刻都在看電視。

A: 英 He always watches TV at all times.

音 ㄏ一　歐維斯　襪區一撕　踢飛　ㄟ　歐　太ㄇ斯

中 這對他的健康不好耶！

B: 英 It's not good for his health.

音 依次　那　估的　佛 ㄏ一斯　害耳

中 她老是隨身帶著它。

A: 英 She's carrying it with her at all times.

音 需一斯　卡瑞引　一特　位斯　喝　ㄟ　歐　太ㄇ斯

中 為什麼？

B: 英 What for?

音 華特　佛

中 你說呢？

A: 英 You tell me.

音 優　太耳　密

相關

當時

♠ **at that moment**

ㄟ 類 摩門特

會話

A: 中 然後發生什麼事了？
英 What happened then?
音 華特 黑噴的 蘭

B: 中 我當時什麼都沒看見！
英 I saw nothing at that moment.
音 愛 瘦 那性 ㄟ 類 摩門特

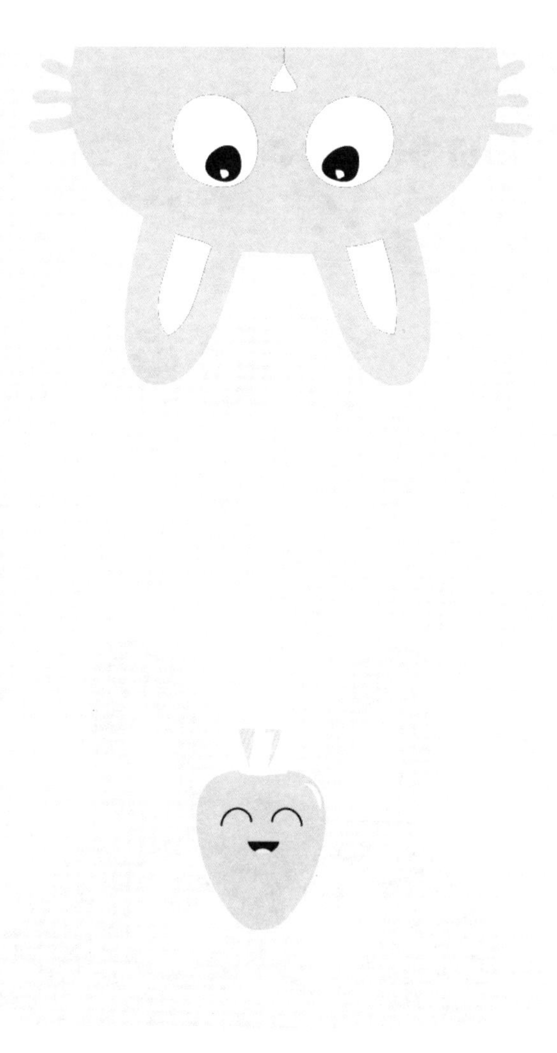

Chapter

2

行動劇

在英文中，有許多「行動」、「動作」並不是用單一個單字就可以完整傳達的，例如「走路」、「記錄」、「扭轉開/關」等，必須用片語表達才更為傳神及道地，本單元提供多種英文中常見的動詞片語。

躺下

lie down

MP3 032

賴 黨

A: 中 他躺在床上。
英 He lay down on the bed.
音 ㄏ一 類 黨 忘 勒 杯的

B: 中 他還好嗎？
英 Is he OK?
音 意思 ㄏ一 OK

A: 中 我好累喔！
英 I'm so exhausted.
音 愛門 蒐 一個肉死踢的

B: 中 你何不躺下來？
英 Why don't you just lie down?
音 壞 動特 優 賈斯特 賴 黨

A: 中 艾瑞克現在人在哪裡？
英 Where is Eric now?
音 灰耳 意思 艾瑞克 惱

中 他正躺在地上。
B：英 He's lying down on the floor.
音 ㄏ一斯　賴因　黨　忘　勒　福樓

反義

起身
♠ get up
給特　阿鋪

會話

中 現在就起來！
A：英 Get up now!
音 給特 阿鋪　惱

中 現在幾點鐘了？
B：英 What time is it now?
音 華特　太ㄇ　意思 一特 惱

會話

中 你什麼時候起床的？
A：英 When did you get up?
音 昏　低　優　給特 阿鋪

中 我十點鐘起床的。
B：英 I got up at ten o'clock.
音 愛咖　阿鋪　ㄟ　天　A克拉克

坐下

sit down

MP3 033

西　　黨

A：中 大衛，有空嗎？
英 David! Got a minute?
音 大衛　咖　ㄜ　咪逆特

B：中 當然有啊！進來吧！請坐。
英 Sure. Come on in. Sit down, please.
音 秀　康　忘 引　西　黨　普利斯

A：中 你怎會知道的？
英 How did you know that?
音 好　低　優　弄　類

B：中 我就和他坐在這裡啊！
英 I sit down right here with him.
音 愛 西　黨　軟特　ㄏ一爾　位斯　恨

找張椅子坐

♠ **have a seat**

黑夫　ㄜ　西特

會話

中 史密斯先生，請坐！

A：英 Mr. Smith! Have a seat, please.

音 密斯特 史密斯　黑夫　ㄜ　西特　普利斯

中 叫我艾瑞克就好了！

B：英 Just call me Eric.

音 賈斯特　摳　密　艾瑞克

中 好啊，艾瑞克。你想喝點什麼？

A：英 Sure, Eric. What do you want to drink?

音 秀　艾瑞克　華特　賭　優　忘特　兔　朱因克

上車

get on

034

給特　忘

中 我覺得我們搭錯公車了。

A：英 I think we got on the wrong bus.

音 愛施恩克 屋依　咖　忘　勒　弄　巴士

中 我們現在該怎麼辦？
B：英 What shall we do now?
音 華特 修 屋依 賭 惱

中 我想想…
A：英 Let's see...
音 辣資 吸

過日子
♠ get on
給特 忘

中 你近來過得怎樣？
A：英 How are you getting on recently?
音 好 阿 優 給聽 忘 瑞審特裡

中 不太好！你呢？
B：英 Not so good. You?
音 那 蒐 估的 優

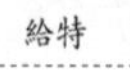

進度
♠ get on
給特 忘

會話

中 事情都還好嗎？
A：英 How's everything?
音 好斯哀 複瑞性

中 一切都進行得很順利。
B：英 Everything was getting on very well.
音 哀複瑞性 瓦雌 給聽 忘 肥瑞 威爾

下車

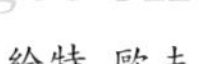

get off MP3 035

給特 歐夫

會話

中 然後發生什麼事了？
A：英 What happened then?
音 華特 黑噴的 蘭

中 我們下錯了車站。
B：英 We got off the bus at the wrong stop.
音 屋依 咖 歐夫 勒 巴士 ㄟ 勒 弄 司踏不

離開

♠ get off

給特 歐夫

A: 中 你什麼時候下班的？
英 When did you get off work?
音 昏 低 優 給特 歐夫 臥克

B: 中 大約晚上 6 點鐘。
英 About 6 pm.
音 せ保特 撕一撕 pm

出發

♠ get off

給特 歐夫

A: 中 他們吃過晚飯後馬上就動身了。
英 They got off immediately after dinner.
音 勒 咖 歐夫 隱密的特裡 せ副特 丁呢

中 很好！我們現在就只要等囉！
B：英 Good. Let's just wait.
音 估的 辣資 賈斯特 位特

打開電源

turn on MP3 036

疼 忘

中 你有打開電燈嗎？
A：英 Did you turn on the lights?
音 低 優 疼 忘 勒 賴資

中 有，我有！
B：英 Yes, I did.
音 夜司 愛 低

中 太感謝你了！
A：英 Thank you so much.
音 山揪兒 蒐 罵區

A: 中 你可以開一下收音機嗎？
英 Would you turn on the radio?
音 屋揪兒 疼 忘 勒 瑞敵歐

B: 中 好！
英 Sure.
音 秀

A: 中 謝謝你！
英 Thank you.
音 山揪兒

A: 中 我不知道要怎麼打開。
英 I don't know how to turn it on.
音 愛 動特 弄 好 兔 疼 一特 忘

B: 中 我示範給你看！
英 Let me show you.
音 勒 密 秀 優

A: 中 我瞭解了！
英 I see.
音 愛 吸

關閉電源

turn off

MP3 037

疼　歐夫

會話

中 你有關掉電視了嗎？
A：英 Did you turn off the TV?
音 低　優　疼　歐夫 勒　踢飛

中 喔，我的天啊！我忘記要關掉了！
B：英 Oh, my God! I forgot to turn it off.
音 喔　買　咖的 愛　佛咖　兔　疼 一特 歐夫

會話

中 你有關掉開關了嗎？
A：英 Did you turn off the ON/OFF switch?
音 低　優　疼　歐夫 勒　忘　歐夫　思物區

中 沒有，我沒有。
B：英 No, I didn't.
音 弄　愛　低等

會話

中 我馬上關掉電視了。
A：英 I turned off the TV right away.
音 愛　疼的　歐夫 勒　踢飛　軟特　ㄟ為

中 很好！太感謝你了！
B：英 Good. Thank you so much.
音 估的 山揪兒 蒐 罵區

會話

中 可以幫我關掉嗎？
A：英 Would you turn it off for me?
音 屋揪兒 疼 一特 歐夫 佛 密

中 好啊！
B：英 No problem.
音 弄 撲拉本

（將強度）調高

turn up MP3 038

疼 阿鋪

中 把收音機調大聲一點好嗎？
A：英 Turn up the radio, will you?
音 疼 阿鋪 勒 瑞敵歐 我 優

中 好的！

B：英 No problem.

音 弄　撲拉本

中 太感謝你了！

A：英 Thank you so much.

音 山揪兒　蒐　罵區

中 把聲音調大聲！

A：英 Turn the sound up.

音 疼　勒　桑得　阿鋪

中 什麼？我聽不見你在說什麼。

B：英 What? I can't hear what you're saying.

音 華特　愛肯特　ㄏ一爾　華特　優矮　塞引

中 我說把聲量調大聲些！

A：英 I said turn the sound up.

音 愛 曬得　疼　勒　桑得　阿鋪

中 可以請你調大聲嗎？

A：英 Would you please turn it up?

音 屋揪兒　普利斯　疼 一特 阿鋪

中 為什麼要我調？

B：英 Why me?

音 壞　密

中 做就對了！
A：英 Just do it.
音 賈斯特 賭 一特

（將強度）調弱

turn down

MP3 039

疼 黨

中 艾瑞克？
A：英 Eric?
音 艾瑞克

中 什麼事？
B：英 Yes?
音 夜司

中 請把收音機調得小聲一點。
A：英 Turn down the radio, please.
音 疼 黨 勒 瑞敵歐 普利斯

會話

中 有什麼事？
A：英 What's up?
音 華資 阿鋪

中 我想要調低音量。
B：英 I want to turn down the sound.
音 愛 忘特 兔 疼 黨 勒 桑得

中 我來調吧！
A：英 Allow me.
音 阿樓 密

會話

中 不要關小聲。
A：英 Don't turn it down.
音 動特 疼 一特 黨

中 怎麼了？
B：英 What's wrong?
音 華資 弄

中 你不覺得太吵了嗎？
A：英 Don't you think it's too noisy?
音 動特 優 施恩克 依次 兔 弄一日

拒絕

turn down

疼　　　　黨

中 我得要拒絕艾瑞克。
A: 英 I'll have to turn Eric down.
音 愛我　黑夫　兔　疼　艾瑞克　黨

中 你怎麼了？
B: 英 What's the matter with you?
音 華資　勒　妹特耳　位斯　優

中 沒事啊！他不是我喜歡的型！
A: 英 Nothing! He's not my type.
音 那性　厂一斯　那　買　太撲

會話

中 他們拒絕了她的貸款要求！
A: 英 They turned down her request for a loan.
音 勒　疼的　黨　喝　瑞鬼斯特　佛　ㄜ　龍

中 真的嗎？我真是不敢相信！
B: 英 Really? I can't believe it.
音 瑞兒裡　愛　肯特　逼力福　一特

中 所以她需要我們的幫助。
A: 英 So she needs our help.
音 蒐 需 尼斯 凹兒 黑耳ㄆ

會話

中 他拒絕了這份工作。
A: 英 He turned down the job.
音 ㄏ一 疼的 黨 勒 假伯

中 為什麼？
B: 英 Why?
音 壞

中 呃，我不太知道耶！
A: 英 Well... I don't really know.
音 威爾 愛 動特 瑞兒裡 弄

穿戴（衣物）

put on

MP3 041

鋪 忘

中 那件事之後他做了什麼？
A: 英 What did he do after that?
音 華特 低 ㄏㄧ 賭 ㄝ副特 類

中 艾瑞克穿上了他的夾克。
B: 英 Eric put on his jacket.
音 艾瑞克 鋪 忘 ㄏㄧ斯 傑K一特

中 記得要穿上你的外套。
A: 英 Remember to put on your coat.
音 瑞敏波 兔 鋪 忘 幼兒 寇特

中 好的，媽咪。
B: 英 All right, mom.
音 歐 軟特 媽

搽上（化妝品）

♠ **put on**

鋪 忘

中 你什麼時候擦面霜？
A：英 When do you put face cream on?
音 昏 賭 優 鋪 飛斯 苦寧姆 忘

中 我每天晚上都會擦面霜。
B：英 I put face cream on every night.
音 愛 鋪 飛斯 苦寧姆 忘 世肥瑞 耐特

脫下

take off MP3 042

坦克 歐夫

中 脫掉外套然後坐下來吧！
A：英 Take your coat off and sit down.
音 坦克 幼兒 寇特 歐夫 安 西 黨

中 謝謝你！
B：英 Thank you.
音 山楸兒

中 你有看見什麼嗎？
A: 英 What did you see?
音 華特 低 優 吸

中 他脫下了 T 恤。
B: 英 He took off the T-shirt.
音 ㄏ一 兔克 歐夫 勒 T 恤

起飛
♠ take off
坦克 歐夫

中 之後發生什麼事？
A: 英 What happened then?
音 華特 黑噴的 蘭

中 飛機已經起飛了。
B: 英 The plane had already taken off.
音 勒 不蘭 黑的 歐瑞底 坦克恩 歐夫

試穿衣物

try on

MP3 043

踹　忘

中 我可以試穿這件外套嗎？

A：英 May I try on this coat?

音 美　愛踹　忘　利斯　寇特

中 可以！這邊請！

B：英 Sure. This way, please.

音 秀　利斯　位　普利斯

中 試穿這件毛衣看看效果如何。

A：英 Try on this sweater to see how it looks.

音 踹　忘　利斯　司為特　兔　吸　好　一特　路克斯

中 可是我不喜歡這個款式。

B：英 But I don't like the style.

音 霸特 愛　動特　賴克　勒　史太耳

中 這件襯衫看起來不錯！

A：英 This shirt looks great.

音 利斯　秀得　路克斯　鬼雷特

中 如果你想要的話，可以試穿啊！
B：英 You may try it on if you want.
音 優 美 踹 一特 忘 一幅 優 忘特

穿上衣物
♠ put on
鋪 忘

中 穿上你的外套。
A：英 Put on your coat.
音 鋪 忘 幼兒 寇特

中 但是一點都不冷啊！
B：英 But it's not cold at all.
音 霸特 依次 那 寇得 ㄟ 歐

尋覓
look for
MP3 044

路克 佛

中 你的計畫是什麼？
A：英 What's your plan?
音 華資 幼兒 不蘭

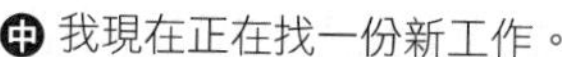

中 我現在正在找一份新工作。
B：英 I'm looking for a new job now.
音 愛門　路克引　佛　ㄜ　紐　假伯　惱

中 我正找一些新鮮事來做。
A：英 I'm looking for something new to do.
音 愛門　路克引　佛　桑性　紐　兔　賭

中 例如什麼？
B：英 Like what?
音 賴克　華特

中 像是撲克牌遊戲？
A：英 Like Playing cards?
音 賴克　舖淚銀　卡斯

中 你在找什麼？
A：英 What are you looking for?
音 華特　阿　優　路克引　佛

中 你有看見我的眼鏡嗎？
B：英 Did you see my glasses?
音 低　優　吸　買　給雷斯一斯

中 沒有！
A: 英 No.
音 弄

中 我找不到耶…
B: 英 I couldn't find it...
音 愛 庫鄧 煩的 一特

搜尋
♠ **search for**
社區 佛

中 他們正在尋找她。
A: 英 They're searching for her.
音 勒阿 社區引 佛 喝

中 他們有報警嗎？
B: 英 Did they call the police?
音 低 勒 摳 勒 撲利斯

中 有，他們有！
A: 英 Yes, they did.
音 夜司 勒 低

趕上、趕追

catch up

MP3 045

凱區　阿鋪

A: 中 快點，我會等你！
英 Come on, I'll wait for you.
音 康　忘　愛我　位特　佛　優

B: 中 我會在幾分鐘內趕上你。
英 I'll catch you up in a few minutes.
音 愛我　凱區　優　阿鋪　引　ㄜ　否　咪逆疵

A: 中 好！快一點喔！
英 OK. Hurry up.
音 OK　喝瑞　阿鋪

A: 中 我們最好開快點！
英 We'd better drive faster.
音 屋一的　杯特　轉夫　非斯特耳

B: 中 為什麼？
英 Why?
音 壞

中 他們很快就會趕上來。
A：英 They're catching up quickly.
音 勒阿 凱區引 阿鋪 怪客力

會話

中 快一點！
A：英 Hurry up.
音 喝瑞 阿鋪

中 是啊，他們現在趕上了！
B：英 Yeah, they're catching up now.
音 訝 勒阿 凱區引 阿鋪 惱

中 可是我還沒準備好啊！
A：英 But I'm not ready.
音 霸特 愛門 那 瑞底

回程

come back

MP3 046

康　　貝克

中 你得要及時趕回來。
A: 英 Come back in time.
音 康　貝克　引　太ㄇ

中 為什麼我得這麼做？
B: 英 Why shall I?
音 壞　修　愛

中 那就可以和我們一起去。
A: 英 So you can come with us.
音 蒐　優　肯　康　位斯　惡斯

中 你是說真的嗎？
B: 英 You mean it?
音 優　密　一特

中 你有看見約翰嗎？
A: 英 Did you see John?
音 低　優　吸　強

中 當我回來時，他已經離開了。
B：英 When I came back, he had left.
音 昏　愛　給悶　貝克　ㄏ一　黑的　賴夫特

會話

中 回來啊！
A：英 Come back.
音 康　貝克

中 我不行！
B：英 I can't.
音 愛　肯特

中 拜託，不要離開我！
A：英 Don't leave me. Please!
音 動特　力夫　密　普利斯

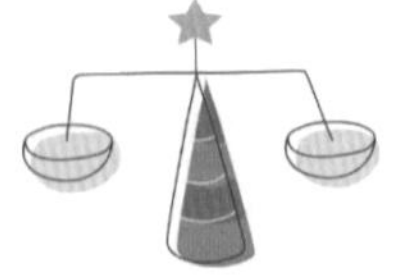

取回

get back

MP3 047

給特　貝克

A: 中 你有拿回你的衣服嗎？
英 Did you get back your clothes?
音 低　優　給特　貝克　幼兒　克樓斯一斯

B: 中 有啊！
英 Yes, I did.
音 夜司　愛　低

A: 中 你會永遠拿不回來的。
英 You'll never get it back.
音 優我　耐摩　給特　一特　貝克

B: 中 你知道的，他可是是我兄弟啊！
英 But he's my brother, you know.
音 霸特　ㄏ一斯　買　不阿得兒　優　弄

相關

回程、回去
♠ get back
給特　貝克

A:
中 她很興奮能回到她的工作。
英 She was thrilled to get her job back.
音 需 瓦雌 數理的 兔 給特 喝 假伯 貝克

B:
中 真為她感到高興！
英 I'm glad to hear that.
音 愛門 葛雷得 兔 ㄏ一爾 類

收回（所說的話）、拿回

♠ **take back**

坦克 貝克

A:
中 你這個狗娘養的！
英 You son of a bitch.
音 優 桑 歐夫ㄜ 畢區

B:
中 你說什麼？
英 Excuse me?
音 ㄟ克斯Q斯 密

A:
中 抱歉，我收回我說的話。
英 Sorry, I take it back.
音 蒐瑞 愛 坦克一特 貝克

從睡覺中醒來

wake up

MP3 048

胃課　阿鋪

中 你通常幾點醒來？

A：英 When do you usually wake up?

音 昏　賭　優　右左裡　胃課　阿鋪

中 我通常在早上六點鐘醒來。

B：英 I usually wake up at six in the morning.

音 愛 右左裡　胃課　阿鋪 ㄟ 撕一撕 引 勒　摸寧

中 醒醒吧！現在十點半了。

A：英 Wake up. It's ten thirty now.

音 胃課　阿鋪 依次　天　捨替　惱

中 什麼？天啊！

B：英 What? My God.

音 華特　買　咖的

中 現在太晚了！

A：英 It's too late now.

音 依次　兔　淚特　惱

從…醒悟

♠ **wake up**

胃課　阿鋪

A: 中 這件事也許能使他醒悟。
英 This event may wake him up.
音 利斯　依悶特　美　胃課　恨　阿鋪

B: 中 我不這麼認為！
英 I don't think so.
音 愛　動特　施恩克　蒐

起床

get up　MP3 049

給特　阿鋪

A: 中 你通常什麼時間起床？
英 When do you usually get up?
音 昏　睹　優　右左裡　給特　阿鋪

中 我通常在七點起床。

B：英 I usually get up at seven.

音 愛 右左裡 給特 阿鋪 ㄟ 塞門

中 你起床了嗎？

A：英 Did you get up?

音 低 優 給特 阿鋪

中 是啊，我已經醒來了！

B：英 Yeah, I already woke up.

音 訝 愛 歐瑞底 沃克 阿鋪

相關

站起來

♠ get up

給特 阿鋪

中 嘿，就是你！站起來！

A：英 Hey, you! Get up!

音 嘿 優 給特 阿鋪

中 你說什麼？

B：英 Excuse me?

音 ㄟ克斯Q斯 密

中 我說站起來！
A：英 I said get up.
音 愛 曬得 給特 阿鋪

嘲笑

laugh at 

賴夫 ㄟ

中 你在笑什麼？
A：英 What are you laughing at?
音 華特 阿 優 賴夫引 ㄟ

中 你有看見那個有趣的傢伙嗎？
B：英 Did you see that funny guy?
音 低 優 吸 類 放泥 蓋

中 那個高個子男人？那是我父親！
A：英 That tall guy? He's my father.
音 類 透 蓋 ㄏ一斯 買 發得兒

中 喔，真是抱歉！
B：英 Oh, I'm terribly sorry.
音 喔 愛門 太蘿薊利 蒐瑞

會話

A: 中 他們看到那一幅畫就發笑。
英 They laugh at that picture.
音 勒 賴夫 ㄟ 類 披丘

B: 中 為什麼？怎麼了？
英 Why? What's wrong?
音 壞 華資 弄

A: 中 不要再嘲笑我了！
英 Stop laughing at me anymore.
音 司踏不 賴夫引 ㄟ 密 安尼摩爾

B: 中 我情不自禁啊！
英 I can't help it.
音 愛 肯特 黑耳ㄆ 一特

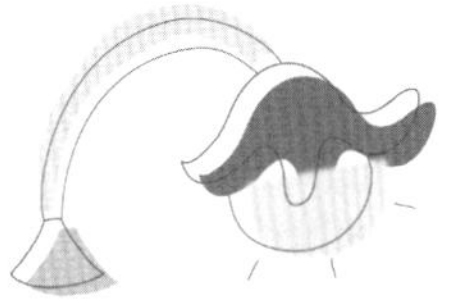

注視

look at

路克　ㄟ

MP3 051

A: 中 伙伴，你在看什麼？
英 What are you looking at, pal?
音 華特　阿　優　路克引　ㄟ　配合

B: 中 有一些問題喔！
英 Something wrong.
音 桑性　弄

A: 中 什麼？怎麼了？
英 What? What's wrong?
音 華特　華資　弄

A: 中 當我看著你時，我有更多的想法。
英 When I look at you, I get more ideas.
音 昏　愛　路克　ㄟ　優　愛　給特　摩爾　愛滴兒斯

B: 中 嗯，那你說說看啊！
英 Well, say something then.
音 威爾　塞　桑性　蘭

中 也許你可以試試這個方法…
A: 英 Maybe you can try this way...
音 美批 優 肯 踹 利斯 位

會話

中 我想要睡覺…
A: 英 I wanna sleep...
音 愛 望難 私立埔

中 不要睡！看著我！
B: 英 Don't sleep. Look at me.
音 動特 私立埔 路克 ㄟ 密

中 我就是控制不了！
A: 英 I can't help it.
音 愛 肯特 黑耳ㄆ 一特

聆聽

listen to

MP3 052

樂身　兔

中 你在家有聽音樂嗎？
A: 英 Are you listening to the music at home?
音 阿　優　樂身因　兔 勒　謬日克 ㄟ　厚

中 有的，我有！
B: 英 Yes, I am.
音 夜司　愛 M

中 你喜歡做些什麼事？
A: 英 What do you like to do?
音 華特　賭　優　賴克 兔　賭

中 我很喜歡聽音樂！
B: 英 I enjoy listening to the music.
音 愛因九引　樂身因　兔　勒　謬日克

中 天氣怎麼樣？
A: 英 How's the weather?
音 好斯　勒　威樂

中 我不知道！我沒有聽收音機。
B：英 I don't know. I didn't listen to the radio.
音 愛 動特 弄 愛 低等 樂身 兔 勒 瑞敵歐

會話

中 你聽！有嗎？
A：英 Listen to this. See?
音 樂身 兔 利斯 吸

中 有問題嗎？
B：英 Something wrong?
音 桑性 弄

中 喔，拜託！你沒聽見嗎？
A：英 Oh, come on. Can't you hear that?
音 喔 康 忘 肯特 優 ㄏ一爾 類

掛斷電話

hang up

MP3 053

和　　阿鋪

中 怎麼了？
A：英 What's wrong?
音 華資　　弄

中 她掛我的電話。
B：英 She hung up on me.
音 需　　和　　阿鋪 忘　　密

中 我現在得走囉…
A：英 I got to go now...
音 愛 咖　免　購　　惱

中 不要掛斷啦！
B：英 Don't hang up.
音 動特　　　和　　阿鋪

中 好吧！你想幹嘛？
A：英 OK! What do you want?
音 OK　　華特　　賭　優　　忘特

堅持、支撐、不掛斷電話

♠ **hang on**

和　忘

中 堅持住，不要放棄！

A: 英 Hang on. Don't give up!

音 和　忘　動特　寄　阿鋪

中 我辦不到啊！

B: 英 I can't.

音 愛 肯特

中 我可以和艾瑞克講電話嗎？

A: 英 May I talk to Eric?

音 美　愛 透克 兔 艾瑞克

中 請別掛斷好嗎?

B: 英 Would you like to hang on?

音 屋揪兒　賴克 兔　和　忘

中 好！

A: 英 Sure.

音 秀

放棄

give up

寄　阿鋪

MP3 054

A: 中 我們一個小時前就放棄了！
英 We gave up an hour ago.
音 屋依　給夫　阿鋪 恩　傲爾　A購

B: 中 什麼？我真是不敢相信！
英 What? I can't believe it.
音 華特　愛 肯特　逼力福　一特

A: 中 堅持住，不要放棄！
英 Hang on. Don't give up!
音 和　忘　動特　寄　阿鋪

B: 中 我辦不到啊！
英 I can't.
音 愛 肯特

A: 中 我不知道你為什麼會放棄。
英 I don't know why you gave it up.
音 愛 動特　弄　壞　優　給夫 一特 阿鋪

中 不關你的事！
B：英 None of your business.
音 那 歐夫 幼兒 逼斯泥斯

停止（做某事）
♠ give up
寄 阿鋪

會 話

中 醫生怎麼說？
A：英 What did the doctor say?
音 華特 低 勒 搭特兒 塞

中 他要我戒菸。
B：英 He asked me to give up smoking.
音 ㄏ一 愛斯克特 密 兔 寄 阿鋪 斯墨客引

查出

find out

煩的　凹特

中 你弄清楚他缺席的原因了嗎？
A：英 Did you find out why he was absent?
音 低　優　煩的　凹特　壞　ㄏ一　瓦雌　阿撲森

中 不，還不知道！
B：英 No, not yet.
音 弄　那　耶特

中 我們正試圖要找出他的秘密。
A：英 We're trying to find out his secrets.
音 屋阿　踹引　兔　煩的　凹特　ㄏ一斯　西鬼撕

中 所以呢？
B：英 So?
音 蒐

中 所以我們發現了這個東西！
A：英 So we found this!
音 蒐　屋依　方的　利斯

相關

發現

♠ **find out**

煩的　凹特

會話

中 有什麼發現嗎？

A：英 Anything?

音 安尼性

中 我在房間發現了這個東西！

B：英 I found this in the room.

音 愛 方的　利斯 引　勒　入門

中 你怎麼發現的？

A：英 How did you find out?

音 好　低　優　煩的　凹特

同義

檢查

♠ **check out**

切客　凹特

會話

中 你看！

A：英 Check this out!

音 切客　利斯 凹特

中 什麼？有問題嗎？
B：英 What? Anything wrong?
音 華特 安尼性 弄

計算出…

figure out

MP3 056

非葛 凹特

中 你算得出來嗎？
A：英 Can you figure it out?
音 肯 優 非葛 一特 凹特

中 我不太知道耶！
B：英 I don't really know...
音 愛 動特 瑞兒裡 弄

解決
♠ figure out
非葛 凹特

中 我估計不出來我們需要多少。
A: 英 I can't figure out how much we need.
音 愛 肯特 非葛 凹特 好 罵區 屋依 尼的

中 為什麼？
B: 英 How come?
音 好 康

中 我們必須想出解決這個問題的方法。
A: 英 We must figure out a way to solve it.
音 屋依 妹司特 非葛 凹特 ㄜ 位 兔 殺夫 一特

中 所以你的計畫是什麼？
B: 英 So what's your plan?
音 蒐 華資 幼兒 不蘭

理解
♠ **figure out**
非葛 凹特

中 你瞭解嗎？
A：英 Can you figure it out?
音 肯 優 非葛 一特 凹特

中 我不知道！
B：英 I don't have a clue.
音 愛 動特 黑夫 ㄜ 客魯

解決

work out MP3 057

臥克 凹特

中 你有找出解決的方法嗎？
A：英 Have you worked out the solution yet?
音 黑夫 優 臥克的 凹特 勒 色魯迅 耶特

中 有啊！我們何不試試這個方式…
B：英 Yes. Why don't we try this way...
音 夜司 壞 動特 屋依 踹 利斯 位

健身

♠ **work out**

臥克　凹特

中 你有健身嗎？

A: 英 Did you work out?

音 低　優　臥克　凹特

中 我有啊！

B: 英 Yes, I did.

音 夜司 愛 低

中 我一個星期健身二至三次。

A: 英 I work out two or three times a week.

音 愛 臥克　凹特　凸　歐　樹裡　太ㄇ斯 ㄜ 屋一克

中 對你的健康很好！

B: 英 Good for your health.

音 估的　佛　幼兒　害耳

中 你看起來氣色很好！
A：英 You look great.
音 優 路克 鬼雷特

中 我一直以來都一天健身兩次。
B：英 I've been working out twice a day.
音 愛夫 兵 臥慶 凹特 踹司 ㄜ 得

照顧

look after

路克 せ副特

中 他兒子怎麼辦？
A：英 What about his son?
音 華特 せ保特 ㄏ一斯 桑

中 蘇珊白天會照顧艾瑞克。
B：英 Susan looks after Eric during the day.
音 蘇森 路克斯 せ副特 艾瑞克 丟引 勒 得

中 約翰可以自己照顧自己。
A：英 John can look after himself.
音 強 肯 路克 世副特 恨塞兒夫

中 你真的這麼認為？
B：英 You really think so?
音 優 瑞兒裡 施恩克 蒐

中 是啊，為什麼不是？
A：英 Yeap! Why not?
音 夜怕 壞 那

照顧
♠ **take care of**
坦克 卡耳 歐夫

中 再見囉！
A：英 See you soon.
音 吸 優 訓

中 兄弟，好好保重啊！
B：英 Take care of yourself, buddy!
音 坦克 卡耳 歐夫 幼兒塞兒夫 八地

中 你也是要保重啊！
A：英 You too.
音 優　兔

以車搭載接送

pick up

 059

批課　阿鋪

中 我可以來接你。
A：英 I can pick you up!
音 愛 肯　批課　優　阿鋪

中 你確定嗎？
B：英 Are you sure about it?
音 阿　優　秀　世保特 一特

中 當然啊！
A：英 Sure.
音 秀

中 謝謝！
1 3 4
B：英 Thanks.
音 山克斯

中 你今天下午有去接艾瑞克嗎？
A：英 Did you pick Eric up this afternoon?
音 低 優 批課 艾瑞克 阿鋪 利斯 せ副特怒

中 喔，天啊！我忘了！
B：英 Oh, my God! I forgot!
音 喔 買 咖的 愛 佛咖

中 我大約會在五點鐘的時候去接你。
A：英 I'll pick you up around five o'clock.
音 愛我 批課 優 阿鋪 婀壯 肥福 A克拉克

中 好！等會見！
B：英 OK! See you later.
音 OK 吸 優 淚特

撞上

run into

MP3 060

ㄖ忘 引兔

中 你怎麼啦？
A：英 What happened to you?
音 華特 黑噴的 兔 優

中 我撞到了電線桿。
B：英 I ran into the telephone pole.
音 愛 潤 引兔 勒 太勒封 跑

中 你還好吧？
A：英 Are you OK?
音 阿 優 OK

中 我很好，不用擔心！
B：英 I'm fine. Don't worry!
音 愛門 凡 動特 窩瑞

中 你看見什麼了？
A：英 What did you see?
音 華特 低 優 吸

中 公車撞上了牆。
B：英 The bus ran into a wall.
音 勒 巴士 潤 引兔 ㄜ 我

遇見
♠ **run into**
ㄖ忘 引兔

中 我在酒吧碰到了一位老朋友。
A：英 I ran into an old friend in a pub.
音 愛ㄖ忘 引兔 恩 歐得 富懶得 引 ㄜ 怕撥

中 是誰？
B：英 Who?
音 乎

中 是艾瑞克·史密斯。
A：英 It's Erick Smith.
音 依次 艾瑞克 史密斯

相撞
♠ **collide with**
可愛的 位斯

A: 中 他們與另一輛車相撞。
英 They collided with another car.
音 勒 可愛踢的 位斯 ㄟ哪耳 卡

B: 中 喔，我的天啊！他們還好嗎？
英 Oh, my God. Are they OK?
音 喔 買 咖的 阿 勒 OK

登記住宿

check in

切客 引

A: 中 我要登記住宿。
英 Check in, please.
音 切客 引 普利斯

B: 中 請給我你的名字。
英 May I have your name, please?
音 美 愛 黑夫 幼兒 捏嗯 普利斯

中 你在旅館登記住宿了嗎？

A: 英 Have you checked in at the hotel yet?

音 黑夫 優 切客的 引ㄟ 勒 厚得耳 耶特

中 是的，我登記了！

A: 英 Yes, I have.

音 夜司 愛 黑夫

報到

♠ **check in**

切客 引

中 我們必須在九點鐘簽到。

A: 英 We have to check in at 9 o'clock.

音 屋依 黑夫 兔 切客 引ㄟ 耐 A克拉克

中 現在還早啊！

B: 英 It's still early now.

音 依次 斯提歐 兒裡 惱

結帳

♠ **check out**

切客 凹特

中 我要結帳。
A: 英 Check out, please.
音 切客 凹特 普利斯

中 好的，先生。
B: 英 No problem, sir.
音 弄 撲拉本 捨

相關

借出（書籍、雜誌等）
♠ **check out**
切客 凹特

中 艾瑞克從圖書館借出了它。
A: 英 Eric checked it out from the library.
音 艾瑞克 切客的 一特 凹特 防 勒 賴被瑞

中 什麼書？
B: 英 What book?
音 華特 不克斯

歸位放好

put away

MP3 062

鋪　ㄟ為

中 我把我的所有玩具都收好了。
A: 英 I put all my toys away.
音 愛 鋪　歐　買　頭乙斯　ㄟ為

中 很好！
B: 英 Good.
音 估的

中 我現在可以看電視了嗎？
A: 英 Can I watch TV now?
音 肯　愛　襪區　踢飛　惱

中 當然！去看吧！
B: 英 Sure. Go ahead.
音 秀　購　耳黑的

中 艾瑞克，把這些東西放好，好嗎？
A: 英 Eric, put the stuff away, OK?
音 艾瑞克　鋪　勒　斯搭福　ㄟ為　OK

中 他們不是我的東西。
B：英 They're not mine.
音 勒阿 那 賣

中 工作結束後請把工具收拾好，可以嗎？
A：英 Put away the tools after work, will you?
音 鋪 ㄟ為 勒 兔兒斯 世副特 臥克 我 優

中 好的！
B：英 No problem.
音 弄 撲拉本

步行

on foot

MP3 063

忘 復特

中 你會騎自行車或走路過去？
A：英 Will you be there by bicycle or on foot?
音 我 優 逼 淚兒 百 拜西口 歐 忘 復特

中 我想會騎自行車吧！
B：英 By bicycle, I guess.
音 百　拜西口　愛　給斯

中 你今天怎麼去學校的？
A：英 How did you go to school today?
音 好　低　優　購　兔　斯庫兒　特得

中 我走路去上學的。
B：英 I went to school on foot.
音 愛　問特　兔　斯庫兒　忘　復特

中 我們會走路去公園。
A：英 We'd go to the park on foot.
音 屋一的　購　兔　勒　怕課　忘　復特

中 從這裡過去遠嗎？
B：英 Is it far from here?
音 意思　一特　罰　防　ㄏ一爾

中 一點都不會！
A：英 Not at all.
音 那 ㄟ 歐

帶出門

take out

MP3 064

坦克 凹特

中 我父親要帶我們一起去迪士尼樂園。
A：英 My father is taking us out to the park.
音 買 發得兒 意思 坦克因 惡斯 凹特 兔 勒 怕課

中 什麼時候？
B：英 When?
音 昏

中 你週末過得好嗎？
A：英 How's your weekend?
音 好斯 幼兒 屋一肯特

中 我父母帶我們出去度週末！

B：英 My parents took us out for the weekend.

音 買 配潤斯 兔克 惡斯 凹特 佛 勒 屋一肯特

中 艾瑞克要帶艾蜜莉去聽音樂會。

A：英 Eric is taking Emily out to a concert.

音 艾瑞克 意思 坦克因 艾蜜莉 凹特 兔 ㄜ 康色特

中 誰？

B：英 Who?

音 乎

中 就是艾蜜莉。艾蜜莉・史密斯。

A：英 It's Emily. Emily Smith.

音 依次 艾蜜莉 艾蜜莉 史密斯

帶回來

♠ **bring back**

鋪印 貝克

中 然後你做了什麼事？

A：英 What did you do then?

音 華特 低 優 賭 蘭

中 我只是帶她回來。
B：英 I just brought her back.
音 愛賈斯特 伯特 喝 貝克

寫下

put down

MP3 065

鋪 黨

中 先生，請問你的名字？
A：英 May I have your name, sir?
音 美 愛 黑夫 幼兒 捏嗯 捨

中 我的名字是艾瑞克．史密斯。
B：英 My name is Eric Smith.
音 買 捏嗯 意思 艾瑞克 史密斯

中 好，我來記下你的名字。
A：英 OK. Let me put down your name.
音 OK 勒 密 鋪 黨 幼兒 捏嗯

中 我看看…幫我記下這個。

A：英 Let's see... Put this down for me.

音 辣資 吸 鋪 利斯 黨 佛 密

中 好！

B：英 No problem.

音 弄 撲拉本

放下

♠ **put down**

鋪 黨

中 如果我把它放下來，你會幫我嗎？

A：英 If I put it down, will you help me?

音 一幅 愛鋪 一特 黨 我 優 黑耳ㄆ 密

中 你開玩笑嗎？不可能！

B：英 Are you kidding? No way.

音 阿 優 ㄎ一ㄉ 弄 位

中 你喜歡這本書嗎？
A：英 How do you like this book?
音 好 賭 優 賴克 利斯 不克

中 我讀到欲罷不能。
B：英 I can't put it down.
音 愛 肯特 鋪 一特 黨

拿起
♠ **pick up**
批課 阿鋪

中 可以幫我撿起來嗎？
A：英 Would you please pick it up for me?
音 屋揪兒 普利斯 批課 一特 阿鋪 佛 密

中 好！
B：英 Of course.
音 歐夫 寇斯

同意（某事）

agree to

阿鬼　兔

MP3 066

中 你會同意我的計畫嗎？
A：英 Will you agree to my plans?
音 我　優　阿鬼　兔　買　不蘭斯

中 我當然會啊！
B：英 Of course, I will.
音 歐夫　寇斯　愛　我

中 我們同意約翰的想法。
A：英 We agree to John's idea.
音 屋依　阿鬼　兔　強斯　愛滴兒

中 很好！我們走吧！
B：英 Good. Let's go now.
音 估的　辣資　購　惱

中 你接受我的計劃嗎?
A：英 Do you agree to my plan?
音 賭　優　阿鬼　兔　買　不蘭

中 不，我不會！
B：英 No, I think not.
音 弄 愛 施恩克 那

對…取得一致意見

♠ **agree on**

阿鬼 忘

中 關於那件事我同意你(的看法)。
A：英 I agree with you on that.
音 愛 阿鬼 位斯 優 忘 類

中 太棒了！
B：英 Fantastic.
音 凡特司踢課

同意某人的看法

agree with

MP3 067

阿鬼　位斯

中 我不贊成你！

A：英 I don't agree with you.

音 愛 動特　阿鬼　位斯　優

中 隨便你！你呢？

B：英 Fine. You?

音 凡　優

中 我贊成！

C：英 Agreed.

音 阿鬼的

中 在這個問題上我無法同意你的意見。

A：英 I can't agree with you on this matter.

音 愛 肯特　阿鬼　位斯　優　忘 利斯　妹特耳

中 什麼？但是你答應過我啊！

B：英 What? But you promised it to me.

音 華特　霸特　優　趴摩斯的　一特 兔　密

中 那又怎麼樣？
A：英 So what?
音 蒐　華特

中 我一點也不贊成約翰的看法。
A：英 I don't agree with John.
音 愛　動特　阿鬼　位斯　強

中 我也不贊成！
B：英 Me, either.
音 密　一惹

放輕鬆

take it easy

068

坦克　一特　一日

中 我真是不敢相信！
A：英 I can't believe it.
音 愛　肯特　逼力福　一特

中 你應該要放輕鬆點！
B：英 You'd better take it easy.
音 優的 杯特 坦克 一特 一日

中 什麼？如果我是你的話…
A：英 What? If I were you...
音 華特 一幅 愛 我兒 優

中 放輕鬆，不要生氣！
B：英 Take it easy. Don't get mad.
音 坦克 一特 一日 動特 給特 妹的

中 算了！
A：英 Forget it.
音 佛給特 一特

中 嘿，就是你！
A：英 Hey, you!
音 嘿 優

中 什麼？你想對我幹嘛？
B：英 What? What do you want from me?
音 華特 華特 賭 優 忘特 防 密

中 不要緊張！我不會傷害你的！
A：英 Take it easy. I won't hurt you.
音 坦克 一特 一日 愛 甕 赫特 優

繼續進行

carry on 

卡瑞 忘

中 我有嘗試過要繼續我的研究。
A：英 I tried to carry on my experiments.
音 愛 踹的 兔 卡瑞 忘 買 一撕批弱門斯

中 然後發生什麼事了？
B：英 And what happened?
音 安 華特 黑噴的

中 失敗了！
A：英 It failed.
音 一特 飛蛾的

中 我們明天將繼續討論。
A：英 We'll carry on discussion tomorrow.
音 屋依我 卡瑞 忘 低司卡遜 特媽樓

中 終於要結束了！
B：英 Finally!
音 非諾禮

中 我們繼續做這件事。
A：英 We carry on doing it.
音 屋依 卡瑞 忘 督引 一特

中 但是在現在太晚了！
B：英 But it's too late now.
音 霸特 依次 兔 淚特 惱

中 拜託！我需要休息一下！
C：英 Please! I need to take a break.
音 普利斯 愛 尼的 兔 坦克 ㄜ 不來客

查詢

look up

路克　阿鋪

中 我會去查火車的時刻表。

A：英 I'll look up the times of the trains.

音 愛我 路克 阿鋪　勒　太ㄇ斯 歐夫　勒　春安斯

中 一旦你知道了就要通知我喔！

B：英 Inform me as soon as you know.

音 引佛　密　ㄟ斯　訓　ㄟ斯 優　弄

中 你應該去查字典。

A：英 You should look it up in a dictionary.

音 優　秀得　路克 一特 阿鋪 引 ㄜ　低尋耐蕊

中 我手邊沒有字典。

B：英 I don't have a dictionary at hand.

音 愛 動特　黑夫　ㄜ　低尋耐蕊　ㄟ　和的

中 如果你不相信，你可以去查一查。

A：英 If you don't believe it, you can look it up.

音 一幅 優 動特　逼力福 一特　優　肯 路克 一特 阿鋪

中 我會的。
B：英 I will.
音 愛 我

會話

中 不是開玩笑的吧？
A：英 No kidding?
音 弄 ㄎㄧㄒ

中 你可以去查啊！
B：英 You can look it up.
音 優 肯 路克 一特 阿鋪

中 我會的。
A：英 I will.
音 愛 我

交出

hand in

MP3 071

和的　引

中 請星期五的時候交家庭作業。

A：英 Please hand in your homework on Friday.

音 普利斯　和的　引　幼兒　厚臥克　忘　富來得

中 好的，老師。

B：英 Yes, sir.

音 夜司　捨

中 交出你們的試卷。

A：英 Hand in your test paper.

音 和的　引　幼兒　太斯特　呸婆

中 可是我…

B：英 But I...

音 霸特　愛

中 馬上交出來！

A：英 Right now!

音 軟特　惱

交出
♠ **hand over**
和的　　歐佛

中 我已讓出了我的職位。
A：英 I've handed over my place.
音 愛夫　和得一得　歐佛　買　不來斯

中 喔，真是遺憾！
B：英 Oh, I'm sorry to hear that.
音 喔　愛門　蒐瑞　兔　ㄏ一爾　類

嘲笑

laugh at

MP3 072

賴夫　ㄟ

中 你在笑什麼？
A：英 What are you laughing at?
音 華特　阿　優　賴夫引　ㄟ

中 你有看見那個有趣的傢伙嗎？
B：英 Did you see that funny guy!
音 低 優 吸 類 放泥 蓋

中 誰？
A：英 Who?
音 乎

中 那個穿黑色 T 恤的男子！
B：英 That man in black T-shirt.
音 類 賣ㄝ 引 不來客 T 恤

中 他們看到那一幅畫就發笑。
A：英 They laugh at that picture.
音 勒 賴夫 ㄟ 類 披丘

中 為什麼？怎麼了？
B：英 Why? What's wrong?
音 壞 華資 弄

中 不要再嘲笑我了！
A：英 Stop laughing at me anymore.
音 司踏不 賴夫引 ㄟ 密 安尼摩爾

中 我情不自禁啊！
B：英 I can't help it.
音 愛 肯特 黑耳ㄆ 一特

完成

get through

MP3 073

給特　　輸入

中 只要我們考完試…

A：英 Once we get through exams...

音 萬斯　屋依 給特　　輸入　　一任斯

中 就有三個星期的休假！

B：英 We'll have three weeks off.

音 屋依我　黑夫　樹裡　屋一克斯 歐夫

中 你們有要做什麼嗎？

C：英 What are you going to do?

音 華特　阿　優　勾引　兔　賭

中 我盡快地完成了工作。

A：英 I got through the task as quickly as possible.

音 愛 咖　輸入　勒 太愛斯課 ㄟ斯 怪客力 ㄟ斯 趴色伯

中 我真是以你為榮。

B：英 I'm so proud of you.

音 愛門 蒐　撲勞的 歐夫 優

電話接通

♠ **get through**

給特 輸入

中 我打了電話給你，可是都沒有打通。

A：英 I called you but couldn't get through.

音 愛 摳的 優 霸特 庫鄧 給特 輸入

中 抱歉，我出去吃晚餐了。

B：英 Sorry. I was out for dinner.

音 蒐瑞 愛 瓦雌 凹特 佛 丁呢

Chapter

3

狀況劇

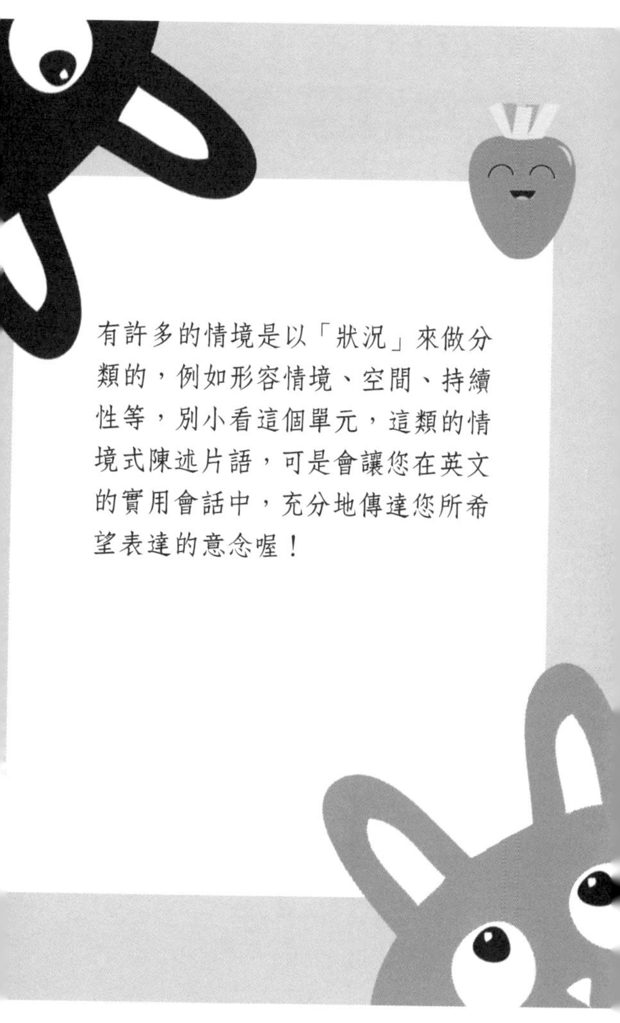

有許多的情境是以「狀況」來做分類的，例如形容情境、空間、持續性等，別小看這個單元，這類的情境式陳述片語，可是會讓您在英文的實用會話中，充分地傳達您所希望表達的意念喔！

蓄意

on purpose

MP3 074

忘　婆婆斯

中 我相信他是故意這麼做的。

A: 英 I believe he did it on purpose.

音 愛 逼力福 厂一 低 一特 忘 婆婆斯

中 不，我不這麼認為。

B: 英 No, I don't think so.

音 弄 愛 動特 施恩克 蒐

中 你是故意對我這麼做的嗎？

A: 英 Did you do this to me on purpose?

音 低 優 賭 利斯 兔 密 忘 婆婆斯

中 你說什麼？沒有！我沒有啊！

B: 英 Excuse me? NO! I didn't.

音 ㄟ克斯Q斯 密 弄 愛 低等

中 這裡發生什麼事了？

A: 英 What happened here?

音 華特 黑噴的 厂一爾

中 他蓄意縱火。

B：英 He set the fire on purpose.

音 厂一 塞特 勒 凡爾 忘 婆婆斯

偶然地

♠ **by chance**

百 券斯

中 昨天我巧遇艾瑞克。

A：英 I met Eric by chance yesterday.

音 愛妹特 艾瑞克 百 券斯 夜司特得

中 他有對你說什麼嗎？

B：英 Did he say anything to you?

音 低厂一 塞 安尼性 兔 優

中 沒有什麼特別的啊！

A：英 Nothing special.

音 那性 斯背秀

繼續

go on

MP3 075

購　忘

中 我要說句話…
A: 英 I need to say something...
音 愛 尼的 兔 塞 桑性

中 說吧！
B: 英 Go on.
音 購 忘

中 你不覺得太冒險了嗎？
A: 英 Don't you think it's too risky?
音 動特 優 施恩克 依次 兔 瑞司其

中 繼續說吧！告訴我發生什麼事了！
A: 英 Go on, tell me what happened.
音 購 忘 太耳 密 華特 黑噴的

中 我不能說。
B: 英 I can't.
音 愛 肯特

中「你不能說」是什麼意思？
A：英 What do you mean you can't?
音 華特 賭 優 密 優 肯特

中 我不會永遠做這份工作！
A：英 I won't go on working in this job forever.
音 愛 甕 購 忘 臥慶 引 利斯 假伯 佛A模

中 為什麼不會？
B：英 Why not?
音 壞 那

繼續（做某事）

♠ **keep on**

機舖 忘

中 你下午做了什麼事？
A：英 What did you do in the afternoon?
音 華特 低 優 賭 引 勒 世副特怒

中 我們繼續油漆圍籬。
B：英 We kept on painting the fence.
音 屋依 給波的 忘 片聽引 勒 犯撕

中 約翰一直約我出去。
A：英 John kept on asking me out.
音 強 給波的 忘 愛斯清 密 凹特

中 你有說好嗎？
B：英 Did you say yes?
音 低 優 塞 夜司

允許做某事

go ahead

 076

購 耳黑的

中 我可以去游泳嗎？
A：英 Can I go swimming?
音 肯 愛 購 司溫命引

中 去吧！
B：英 Go ahead.
音 購 耳黑的

中 你確定嗎？
A: 英 Are you sure?
音 阿　優　秀

繼續（做某事）
♠ **go ahead**
購　耳黑的

中 我可以問你一個私人的問題嗎？
A: 英 May I ask you a personal question?
音 美　愛愛斯克 優　ㄜ　波審揶　魁私去

中 當然可以，你問吧！
B: 英 Sure, go ahead.
音 秀　購　耳黑的

中 如果我是你的話…
A: 英 If I were you...
音 一幅 愛我兒 優

中 繼續說下去吧！
B: 英 Go ahead.
音 購　耳黑的

已經不再…

no longer

MP3 077

弄　龍葛兒

中 聽好！我已經不是小孩子了！
A：英 Listen, I'm no longer a baby.
音 樂身　愛門　弄　龍葛兒　ㄜ　卑疵

中 但是你只有六歲啊！
B：英 But you're only six years old.
音 霸特　優矮　翁裡　撕一撕　一耳斯　歐得

中 我們不再改變計畫了！
A：英 We no longer change the plans.
音 屋依　弄　龍葛兒　勸居　勒　不蘭斯

中 由你決定！
B：英 It's up to you.
音 依次　阿舖　兔　優

中 我們不會再回去了！
A：英 We no longer go back.
音 屋依　弄　龍葛兒　購　貝克

中 為什麼不會？
B：英 Why not?
音 壞 那

不再…
♠ **not anymore**
那 安尼摩爾

中 我們不是朋友嗎？
A：英 Aren't we friends?
音 阿特 屋依 富懶得撕

中 不再是了！
B：英 No, not anymore.
音 弄 那 安尼摩爾

中 你的計畫呢？
A：英 What's your plan?
音 華資 幼兒 不蘭

中 我不會再和他説話了。
B：英 I won't talk to him anymore.
音 愛 甕 透克 免 恨 安尼摩爾

以防萬一

in case

MP3 078

引　克斯

中 我不覺得我們會需要任何金錢。
A：英 I don't think we'll need any money.
音 愛　動特　施恩克　屋依我　尼的　安尼　曼尼

中 但為了以防萬一，我會帶一些錢。
B：英 But I'll bring some just in case.
音 霸特　愛我　鋪印　桑　賈斯特　引　克斯

中 記得要帶地圖，以免你迷路了。
A：英 Bring a map in case you get lost.
音 鋪印　ㄜ　媽ㄆ　引　克斯　優　給特　漏斯特

中 好，我會的！
B：英 Sure. I will.
音 秀　愛我

以防萬一
♠ **just in case**
賈斯特　引　克斯

中 你為什麼要帶雜誌？
A：英 Why did you bring the magazine?
音 壞 低 優 鋪印 勒 妹哥寧

中 只是為了要以防萬一啦！
B：英 Just in case.
音 賈斯特 引 克斯

如果發生
♠ **in case of**
引 克斯 歐夫

中 一旦發生火災時，要打電話報警。
A：英 In case of fire, call the police.
音 引 克斯 歐夫 凡爾 摳 勒 撲利斯

中 我瞭解了！謝謝你！
B：英 I see. Thank you.
音 愛 吸 山揪兒

尚未

not yet

MP3 079

那　耶特

中 你寄信了嗎？
A：英 Did you send the letters?
音 低　優　善的　勒　類特斯

中 什麼信？
B：英 What letters?
音 華特　類特斯

中 要給我們的客戶啊！記得嗎？
A：英 The letters to our clients. Remember?
音 勒　類特斯　兔 凹兒　課來恩斯　瑞敏波

中 喔，對啊！抱歉，還沒有！
B：英 Oh, that's right. Sorry, not yet.
音 喔　類茲　軟特　蒐瑞　那 耶特

中 你功課寫完了嗎？
A：英 Have you finished your homework?
音 黑夫　優　非尼續的　幼兒　厚臥克

中 沒有，還沒！
B：英 No, not yet.
音 弄　那　耶特

中 約翰起床了嗎？
A：英 Is John out of bed yet?
音 意思　強　凹特 歐夫 杯的　耶特

中 還沒有！
B：英 Not yet.
音 那　耶特

尚未決定
♠ up in the air
阿鋪　引　勒　愛爾

中 這個計畫還懸而未決！
A：英 The project is still up in the air.
音 勒　破傑特　意思 斯提歐 阿鋪 引　勒　愛爾

中 真的？不可能！
B：英 Really? It's impossible.
音 瑞兒裡　依次　因趴色伯

順道一提

by the way

MP3 080

百　勒　位

A: 中 很棒的派對，不是嗎？
英 It's a great party, isn't it?
音 依次 ㄊ 鬼雷特 趴提 一任 一特

B: 中 是啊！
英 Yeah!
音 訝

A: 中 對了，我是約翰。
英 By the way, my name is John.
音 百 勒 位 買 捏嗯 意思 強

B: 中 很高興認識你！
英 Nice meeting you.
音 耐斯 密挺引 優

A: 中 艾瑞克，進來吧！
英 Come on in, Eric.
音 康 忘 引 艾瑞克

中 謝謝你！史密斯先生。
B：英 Thanks, Mr. Smith.
音 山克斯 密斯特 史密斯

中 還有，叫我約翰就好了！
A：英 By the way, just call me John.
音 百 勒 位 賈斯特 摳 密 強

中 好的，約翰。
B：英 OK, John.
音 OK 強

某人正在去…的路上

on one's way

081

忘 萬斯 位

中 過來親我一下，我就要走了。
A：英 Give me a kiss and I'll be on my way.
音 寄 密 ㄜ 雞絲 安 愛我 逼 忘 買 位

中 辦不到！
B：英 No way.
音 弄 位

中 你現在人在哪裡？
A：英 Where are you now?
音 灰耳 阿 優 惱

中 我正在路上。
B：英 I'm on my way.
音 愛門 忘 買 位

中 嗨，艾瑞克，你要去哪裡？
A：英 Hi, Eric, where are you going?
音 嗨，艾瑞克 灰耳 阿 優 勾引

中 我正要去加拿大的路上。
B：英 I'm on my way to Canada.
音 愛門 忘 買 位 兔 卡那大

某人正在回家的路上
♠ **on one's way home**
忘 萬斯 位 厚

中 你要去哪裡？
A: 英 Where are you going?
音 灰耳 阿 優 勾引

中 我正在回家的路上。
B: 英 I'm on my way home.
音 愛門 忘 買 位 厚

注意…

look out

 082

路克 凹特

中 小朋友們，小心點！
A: 英 Look out, kids!
音 路克 凹特 ㄎ一資

中 什麼？
B: 英 What?
音 華特

中 有一輛車過來了。
A：英 There is a car coming.
音 淚兒 意思ㄜ 卡 康密因

中 小心，瘋狂的人來了！
A：英 Look out, here comes the crazy guy.
音 路克 凹特 ㄏ一爾 康斯 勒 虧理 蓋

中 他是我大哥。
B：英 He's my big brother.
音 ㄏ一斯 買 逼個 不阿得兒

中 喔，抱歉！
A：英 Oh, sorry.
音 喔 蒐瑞

要小心
♠ **watch out**
襪區 凹特

中 你最好要小心那傢伙。
A：英 You'd better watch out for that guy.
音 優的 杯特 襪區 凹特 佛 類 蓋

中 我瞭解。
B: 英 I see.
音 愛 吸

最初

at first

ㄟ 福斯特

中 你知道發生什麼事了嗎？
A: 英 Did you know what happened?
音 低 優 弄 華特 黑噴的

中 起先我完全不知道。
B: 英 At first I didn't know at all.
音 ㄟ 福斯特 愛 低等 弄 ㄟ 歐

中 我以為他是開玩笑的！
A: 英 I thought he was joking.
音 愛 收特 ㄏ一 瓦雌 揪晶

中 然後呢？
B: 英 Then what?
音 蘭 華特

中 後來才知道他是認真的！
A：英 Then I realized he meant it.
音 蘭 愛 瑞爾來日的 ㄏ一 密特 一特

中 她說了什麼？
A：英 What did she say?
音 華特 低 需 塞

中 剛開始她什麼都沒有說！
B：英 At first she said nothing about it.
音 ㄟ 福斯特 需 曬得 那性 せ保特 一特

剛開始
♠ **at the beginning**
ㄟ 勒 逼跟引

中 剛開始我喜歡我的工作。
A：英 I enjoyed my job at the beginning.
音 愛 因九的 買 假伯 ㄟ 勒 逼跟引

中 那現在呢？
B：英 What about right now?
音 華特 せ保特 軟特 惱

最後、結果

♠ **in the end**

引 勒 安的

中 她的決定是什麼？

A：英 What's her decision?

音 華資 喝 低日訓

中 最後，她選擇不去了。

B：英 In the end, she chose not to go.

音 引 勒 安的 需 求師 那 兔 購

接二連三

one after another MP3 *084*

萬 せ副特 ㄟ哪耳

中 他接二連三的一直吃巧克力。

A：英 He ate one chocolate after another.

音 ㄏ一 ㄟ 萬 巧克力特 せ副特 ㄟ哪耳

中 那對他的健康不好。
B：英 It's not good for his health.
音 依次 那 估的 佛 ㄏ一斯 害耳

中 你的兄弟們怎麼樣了？
A：英 How about your brothers?
音 好 せ保特 幼兒 不阿得兒斯

中 我們接二連三去了日本。
B：英 We went to Japan one after another.
音 屋依 問特 兔 假潘 萬 せ副特 ㄟ哪耳

一個接著一個
♠ **one by one**
萬 百 萬

中 許多人一個接著一個死亡。
A：英 Many people died one by one.
音 沒泥 批剖 帶的 萬 百 萬

中 天啊！
B：英 Jesus!
音 七社一絲

中 一個接著一個告訴我你們的名字。
A: 英 Tell me your name one by one.
音 太耳 密 幼兒 捏嗯 萬 百 萬

中 我是艾瑞克。
B: 英 I'm Eric.
音 愛門 艾瑞克

中 我是蘇珊。
C: 英 My name is Susan.
音 買 捏嗯 意思 蘇森

反覆不斷

over and over

MP3 085

歐佛 安 歐佛

中 他們不斷地闖入。
A: 英 They broke into it over and over.
音 勒 不羅客 引免 一特 歐佛 安 歐佛

中 你有報警嗎？
B：英 Did you call the police?
音 低 優 摳 勒 撲利斯

反覆不斷
♠ **over and over again**
歐佛 安 歐佛 愛乾

中 你們已經反覆不斷地說過了！
A：英 You've been said it over and over again.
音 優夫 兵 曬得 一特 歐佛 安 歐佛 愛乾

中 但是你都沒在聽。
B：英 But you're not listening.
音 霸特 優矮 那 樂身因

會話

中 他們一而再再而三的去做。
A：英 They've done it over and over again.
音 勒夫 檔 一特 歐佛 安 歐佛 愛乾

中 對你來說是好事！
B：英 It's good for you.
音 依次 估的 佛 優

中 我不這麼認為！
A：英 I don't think so.
音 愛 動特 施恩克 蒐

再一次地

once again

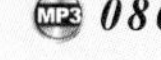 086

萬斯 愛乾

中 我有一個問題。
A：英 I have a question.
音 愛 黑夫 ㄜ 魁私去

中 不要現在問。我會再解釋一遍。
B：英 Not now! I'll explain it once again.
音 那 惱 愛我 一課絲不蘭 一特 萬斯 愛乾

中 他昨晚有出現嗎？
A：英 Did he show up last night?
音 低 ㄏ一 秀 阿鋪 賴斯特 耐特

中 沒有！他又放我鴿子了！
B：英 No. He stood me up once again.
音 弄 ㄏ一 史督 密 阿鋪 萬斯 愛乾

中 我們會再一次失去他。
A：英 We'll lose him once again.
音 屋依我 路濕 恨 萬斯 愛乾

中 不會像那樣發生的。
B：英 It's not going to happen like that.
音 依次 那 勾引 兔 黑噴 賴克 類

中 你要我再幫你一次嗎？
A：英 Do you want me to help you once again?
音 賭 優 忘特 密 兔 黑耳ㄆ 優 萬斯 愛乾

中 好啊！
B：英 Of course.
音 歐夫 寇斯

再一次地
♠ **once more**
萬斯 摩爾

中 你們怎麼能再一次這樣對待我？
A：英 How could you do this to me once more?
音 好　苦揪兒　睹　利斯 兔　密　萬斯　摩爾

中 為什麼不可以？
B：英 Why not?
音 壞　那

中 我不懂！
A：英 I don't understand.
音 愛 動特　骯得史丹

中 讓我再說明一次。
B：英 Let me clarify this once more.
音 勒　密　卡裡瑞肥　利斯　萬斯　摩爾

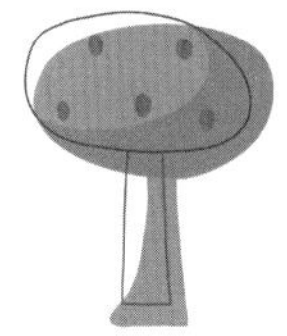

總而言之

in a word

MP3 087

引 ㄜ 臥的

中 你覺得呢？
A: 英 What do you think?
音 華特 賭 優 施恩克

中 簡而言之，他毫無用處。
B: 英 In a word, he's useless.
音 引 ㄜ 臥的 ㄏ一斯 又司理司

中 我現在該怎麼辦？
A: 英 What shall I do now?
音 華特 修 愛 賭 惱

中 總之就是要小心計劃。
B: 英 In a word, you must make plans carefully.
音 引 ㄜ 臥的 優 妹司特 妹克 不蘭斯 卡耳副理

中 嘿，給個意見吧！
A: 英 Hey, say something.
音 嘿 塞 桑性

中 總之他的建議不錯。

B：英 In a word, his suggestion is great.

音 引 ㄜ 臥的 ㄏ一斯 設街斯訓 意思 鬼雷特

簡而言之

♠ **in short**

引 秀的

中 簡而言之，他不愛你！

A：英 In short, he doesn't love you .

音 引 秀的 ㄏ一 得任 勒夫 優

中 不，這不是真的！

B：英 No, it's not ture.

音 弄 依次 那 處

盡量⋯

as far as

ㄟ斯 罰 ㄟ斯

中 我將盡我所能幫助你。
A：英 I'll help you as far as I can.
音 愛我 黑耳ㄆ 優 ㄟ斯 罰 ㄟ斯 愛肯

中 太感謝你了！
B：英 Thank you so much.
音 山揪兒 蒐 罵區

中 我會盡快回來。
A：英 I'll come back as far as I can.
音 愛我 康 貝克 ㄟ斯 罰 ㄟ斯 愛肯

中 沒關係，你慢慢來！
B：英 It's OK. Take your time.
音 依次 OK 坦克 幼兒 太ㄇ

遠到⋯

♠ **as far as**

ㄟ斯 罰 ㄟ斯

中 有到公園這麼遠嗎？
A：英 Is it as far as the park?
音 意思一特 ㄟ斯 罰 ㄟ斯 勒 怕課

中 有的！
B：英 Yes, it is.
音 夜司 一特 意思

中 有多遠？
A：英 How far?
音 好 罰

中 一直到湖邊為止。
B：英 As far as the lake.
音 ㄟ斯 罰 ㄟ斯 勒 累個

就我所知

so far as I know MP3 089

蒐　罰　ㄟ斯　愛　弄

中 據我所知，約翰已經走了。

A：英 So far as I know, John is gone.

音 蒐　罰ㄟ斯　愛　弄　　強　意思　槓

中 是嗎？我不確定耶！

B：英 Yeah? I don't know for sure.

音 訝　愛　動特　弄　佛　秀

中 就我所知，他不會來了。

A：英 As far as I know, he isn't coming.

音 ㄟ斯　罰ㄟ斯　愛　弄　ㄏㄧ　ㄧ任　康密因

中 那太可惜了！

B：英 It's too bad.

音 依次　兔　貝特

就我所知

♠ **as far as I'm concerned**

ㄟ斯　罰　ㄟ斯　愛門　　康捨的

中 就我所知，沒有理由。
A: 英 There's no reason, as far as I'm concerned.
音 淚兒斯 弄 瑞忍 ㄟ斯 罰 ㄟ斯 愛門 康捨的

中 真的嗎？好，我放棄了！
B: 英 Really? OK, I give up.
音 瑞兒裡 OK 愛 寄 阿鋪

就我所知

♠ **so far as I'm concerned**

蒐 罰 ㄟ斯 愛門 康捨的

中 就我所知，都結束了。
A: 英 So far as I'm concerned, it's over.
音 蒐 罰 ㄟ斯 愛門 康捨的 依次 歐佛

中 你開玩笑的吧？
B: 英 Are you kidding?
音 阿 優 ㄎ一ㄉ

至少

at least

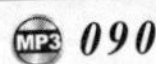

ㄟ　利斯特

中 這個至少要價一千美元。
A: 英 It'll cost at least $1000.
音 一我　寇斯特　ㄟ　利斯特　萬　騷忍　搭樂斯

中 太貴了！
B: 英 It's too expensive.
音 依次　兔　一撕半撕

中 你有抽菸嗎？
A: 英 Do you smoke?
音 賭　優　斯墨客

中 每天至少抽一包菸。
B: 英 At least a packet of cigarettes a day.
音 ㄟ　利斯特　ㄜ　怕機特　歐夫　司卡瑞司　ㄜ　得

中 你應該要戒菸。
A: 英 You should quit smoking.
音 優　秀得　魁特　斯墨客引

中 你什麼時候會回來？
A：英 When will you be back?
音 昏 我 優 逼 貝克

中 會盡快！
B：英 As soon as possible.
音 ㄟ斯 訓 ㄟ斯 趴色伯

中 所以會是…？
A：英 That would be...?
音 類 屋 逼

中 至少會有兩個星期的時間。
B：英 For two weeks, at the very least.
音 佛 凸 屋一克斯 ㄟ 勒 肥瑞 利斯特

總之

after all

MP3 091

乜副特　歐

中 我最後還是決定搭乘火車去。

A：英 I decided to go by train after all.

音 愛　低賽低的　兔　購　百　春安　乜副特　歐

中 好吧！你要好好保重自己。

B：英 OK. Take care of yourself.

音 OK　坦克　卡耳 歐夫　幼兒塞兒夫

中 但是最後她還是沒有出現。

A：英 But she didn't show up after all.

音 霸特　需　低等　秀　阿鋪 乜副特　歐

中 她又放你鴿子了？

B：英 She stood you up again?

音 需　史督　優　阿鋪　愛乾

至少

♠ **at least**

ㄟ　利斯特

中 至少他們到達東京了。
A: 英 At least they reached Tokyo.
音 ㄟ 利斯特 勒 瑞區的 偷其歐

中 感謝老天爺！
B: 英 Thank God.
音 山克 咖的

徹底地

at all

ㄟ 歐

中 這一點都不難。
A: 英 It's not difficult at all.
音 依次 那 低非扣特 ㄟ 歐

中 很好！我們開始吧！
B: 英 Good. Let's start.
音 估的 辣資 司打

中 你現在忙嗎？
A: 英 Are you busy now?
音 阿 優 逼日 惱

中 不會，完全不會！
B: 英 No, not at all.
音 弄 那 ㄟ 歐

中 你有做嗎？
A: 英 Did you do this?
音 低 優 賭 利斯

中 沒有，我完全沒做！
B: 英 No, I didn't do it at all.
音 弄 愛 低等 賭 一特 ㄟ 歐

中 我一點都不喜歡約翰和亞當斯。
A: 英 I don't like John and Adams at all.
音 愛 動特 賴克 強 安 阿當斯 ㄟ 歐

中 我也不喜歡！
B: 英 Me, either.
音 密 一惹

事實上

as a matter of fact

ㄟ斯 ㄜ 妹特耳 歐夫 肥特

中 事實上，他是很生氣的。
A: 英 As a matter of fact, he's very angry.
音 ㄟ斯 ㄜ 妹特耳 歐夫 肥特 ㄏ一斯 肥瑞 安鬼

中 發生什麼事了？
B: 英 What happened?
音 華特 黑噴的

中 事實上，我不知道。
A: 英 As a matter of fact, I have no idea.
音 ㄟ斯 ㄜ 妹特耳 歐夫 肥特 愛 黑夫 弄 愛滴兒

中 不可能啊！
B: 英 It's impossible.
音 依次 因趴色伯

事實上
♠ **in fact**
引 肥特

中 事實上，他不是我小弟。
A: 英 In fact, he's not my younger brother.
音 引 肥特 ㄏ一斯 那 買 羊葛 不阿得兒

中 他是誰？
B: 英 Who is he?
音 乎 意思 ㄏ一

中 我不太知道耶！
A: 英 I don't really know.
音 愛 動特 瑞兒裡 弄

中 事實上，我不是十分確定的。
A: 英 In fact, I don't know for sure.
音 引 肥特 愛 動特 弄 佛 秀

中 你說你不確定是什麼意思？
B: 英 What do you mean you don't know?
音 華特 賭 優 密 優 動特 弄

中 你怎麼想？
A: 英 What would you think?
音 華特 屋揪兒 施恩克

中 我認為是如此，事實上我十分確信。

B：英 I think so; in fact, I'm quite sure.

音 愛 施恩克 蒐 引 肥特 愛門 快特 秀

舉例來說

for example

佛 一個任波

中 你最喜歡的歌手是誰？

A：英 Who is your favorite singer?

音 乎 意思 幼兒 肥佛瑞特 西忍

中 舉例來說，是莎拉布萊曼。

B：英 It's Sarah Brightman, for example.

音 依次 莎拉 布萊曼 佛 一個任波

中 也許我們可以試其他方式。

A：英 Maybe we can try another way.

音 美批 屋依 肯 踹 ㄟ哪耳 位

中 例如什麼？
B：英 For example?
音 佛 一個任波

中 我想想…
A：英 Let's see...
音 辣資 吸

學例來說
♠ **for instance**
佛 隱私特司

中 她是讓你靠不住的！
A：英 You can't depend on her.
音 優 肯特 低盤 忘 喝

中 為什麼不行？
B：英 Why not?
音 壞 那

中 舉例說，昨天她就來遲了。
A：英 For instance, she arrived late yesterday.
音 佛 引隱私特司 需 阿瑞夫的 淚特 夜司特得

廝混、打發時間

hang out

MP3 095

和　凹特

中 你知道我們人在哪裡嗎？
A: 英 Do you know where we are?
音 賭 優 弄 灰耳 屋依 阿

中 當然啊！我以前老是在這裡閒逛。
B: 英 Sure. I used to hang out in this place.
音 秀 愛又司的 兔 和 凹特 引 利斯 不來斯

中 我喜歡和艾瑞克在一起。
A: 英 I like to hang out with Eric.
音 愛 賴克 兔 和 凹特 位斯 艾瑞克

中 誰？艾瑞克？你瘋啦？
B: 英 Who? Eric? Are you crazy?
音 乎 艾瑞克 阿 優 虧理

中 你有常和約翰在一起嗎？
A: 英 Do you usually hang out with John?
音 賭 優 右左裡 和 凹特 位斯 強

中 我甚至沒有他的電話號碼。
B：英 I don't even have his phone number.
音 愛 動特 依悶 黑夫 ㄏ一斯 封 拿波

打發時間
♠ **kill time**
機耳 太ㄇ

中 你們到底做什麼事？
A：英 What do you do exactly?
音 華特 賭 優 賭 一日特里

中 我們常常以看電視來打發時間。
B：英 We often kill time by watching TV.
音 屋依 歐憤 機耳 太ㄇ 百 襪區引 踢飛

期待

look forward to

MP3 096

路克　佛臥得　兔

中 我好期待喔！
A：英 I'm looking forward to it.
音 愛門　路克引　佛臥得　兔 一特

中 喔，我真是不敢相信！
B：英 Oh, I can't believe it.
音 喔　愛 肯特　逼力福　一特

中 我很期待我的假期！
A：英 I'm looking forward to my vacation.
音 愛門　路克引　佛臥得　兔　買　肥肯遜

中 你打算要去哪裡？
B：英 Where are you planning to going?
音 灰耳　阿　優　不蘭引　兔　勾引

中 我期待能快一點見到他們！
A：英 I look forward to seeing them soon.
音 愛 路克　佛臥得　兔　吸引　樂門　訓

中 我也是。
B：英 Me, too.
音 密 兔

中 他們期待擁有它。
A：英 They're looking forward to having it.
音 勒阿 路克引 佛臥得 兔 黑夫因 一特

中 對他們來說是好的。
B：英 This is good for them.
音 利斯 意思 估的 佛 樂門

陷入困境

in trouble

MP3 097

引 插伯

中 我有做錯事嗎？
A：英 Did I do something wrong?
音 低 愛 賭 桑性 弄

中 你有大麻煩了！
B：英 You're now in deep trouble.
音 優矮 惱 引 低波 插伯

中 為什麼？我什麼事都沒做啊！
A：英 Why? I did nothing.
音 壞 愛 低 那性

中 你會有大麻煩，如果…
A：英 You'd have been in real trouble if...
音 優的 黑夫 兵 引 瑞兒 插伯 一幅

中 假如什麼？
B：英 If what?
音 一幅 華特

中 如果你被逮到！
A：英 If you had been caught.
音 一幅 優 黑的 兵 扣特

中 還用你説！我現在該怎麼辦？
B：英 You're telling me. What shall I do now?
音 優矮 太耳因 密 華特 修 愛 賭 惱

自立

on one's own

MP3 098

忘 萬斯 翁

中 你的計畫是什麼？
A：英 What's your plan?
音 華資 幼兒 不蘭

中 我可以獨自開車。
B：英 I can drive the car on my own.
音 愛 肯 轉夫 勒 卡 忘 買 翁

中 不，我不這麼認為！
A：英 No, I don't think so.
音 弄 愛 動特 施恩克 蒐

中 我獨力完成這份銷售計畫。
A：英 I finished the sales plan on my own.
音 愛 非尼續的 勒 賽爾斯 不蘭 忘 買 翁

中 真的？我非常以你為榮。
B：英 Really? I'm so proud of you.
音 瑞兒裡 愛門 蒐 撲勞的 歐夫 優

A：
中 蘇珊好嗎？
英 How is Susan?
音 好 意思 蘇森

B：
中 她很好！她自己爭取到這份工作。
英 She's fine. She got the job on her own.
音 需一斯 凡 需 咖 勒 假伯 忘 喝 翁

獨自
♠ **by oneself**
百 萬塞兒夫

A：
中 你自己獨力完成這整件事嗎？
英 Did you do the whole thing by yourself?
音 低 優 賭 勒 猴 性 百 幼兒塞兒夫

B：
中 是啊！你認為怎麼樣？
英 Yeap! What do you think?
音 夜怕 華特 賭 優 施恩克

A：
中 酷喔！
英 This is cool.
音 利斯 意思 酷喔

由於

owing to

MP3 099

歐銀　兔

中 由於下雨的關係，就取消了。

A：英 It's been canceled owing to the rain.

音 依次　兵　砍嗽的　歐銀　兔　勒　瑞安

中 喔，太可惜了！

B：英 Oh, it's too bad.

音 喔　依次　兔　貝特

中 沒關係啦！

A：英 It doesn't matter.

音 一特　得任　妹特耳

中 你會怎麼做？

A：英 What would you do with it?

音 華特　屋揪兒　賭　位斯　一特

中 因為他的評論，我放棄！

B：英 Owing to his statement, I quit.

音 歐銀　兔　ㄏ一斯　司得門特　愛　魁特

中 也許對你來說是好的！
A: 英 Maybe it's good for you.
音 美批 依次 估的 佛 優

因為、由於
♠ **because of**
逼寇司 歐夫

中 由於他生病，他回家了。
A: 英 He went home because of his illness.
音 ㄏ一 悶特 厚 逼寇司 歐夫 ㄏ一斯 愛喔泥需

中 他有看醫生了嗎？
B: 英 Did he see the doctor?
音 低 ㄏ一 吸 勒 搭特兒

中 有，他有去看！
A: 英 Yes, he did.
音 夜司 ㄏ一 低

相信、依賴

rely on

MP3 100

瑞賴　忘

中 你應該信任我。
A: 英 You should rely on me.
音 優　秀得　瑞賴　忘　密

中 相信你？那是不可能的！
B: 英 You? It's impossible.
音 優　依次　因趴色伯

中 你不能老是依賴他的幫助。
A: 英 You can't always rely on his help.
音 優　肯特　歐維斯　瑞賴　忘　ㄏㄧ斯　黑耳ㄆ

中 我知道！但是我現在該怎麼辦？
B: 英 I know. But what shall I do now?
音 愛　弄　霸特　華特　修　愛　賭　惱

中 我需要你的好建議。
A: 英 I rely on you for good advice.
音 愛瑞賴　忘　優　佛　估的　阿得賣司

中 我？別鬧了！這是你的責任啊！
B：英 Me? Come on, this is your responsibility.
音 密 康 忘 利斯 意思 幼兒 瑞斯旁捨批樂踢

依賴
♠ **rely upon**
瑞賴 阿胖

中 你可以仰賴我們！
A：英 You may rely upon us.
音 優 美 瑞賴 阿胖 惡斯

中 太感謝你了！
B：英 Thank you so much.
音 山揪兒 蒐 罵區

依靠
♠ **depend on**
低盤 忘

中 我不知道該如何解決。
A：英 I don't know how to solve it.
音 愛 動特 弄 好 兔 殺夫 一特

中 你可以信得過約翰。
B：英 You can depend on John.
音 優 肯 低盤 忘 強

相似的

in common

MP3 101

引 康門

中 為什麼是他？
A：英 Why him?
音 壞 恨

中 約翰和我有很多相似之處。
B：英 John and I have many things in common.
音 強 安 愛 黑夫 沒泥 性斯 引 康門

中 兩者有共同之處。
A：英 Those two have something in common.
音 漏斯 凸 黑夫 桑性 引 康門

中 呃，我不這麼認為。
B：英 Well, I don't think so.
音 威爾 愛 動特 施恩克 蒐

相似
♠ **be similar to**
逼 西門惹 兔

中 你的問題和我的問題類似。
A：英 Your problems are similar to mine.
音 幼兒 撲拉本斯 阿 西門惹 兔 賣

中 真的嗎？你會怎麼做？
B：英 Really? How would you do it?
音 瑞兒裡 好 屋揪兒 賭 一特

中 到時候你就知道了！
A：英 You'll see.
音 優我 吸

準備好

be ready for

MP3 102

逼　瑞底　佛

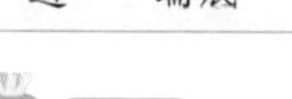

中 我們已經準備好要去旅行。
A: 英 We're ready for the trip.
音 屋阿　瑞底　佛　勒　初一波

中 你們要去哪裡？
B: 英 Where are you going?
音 灰耳　阿　優　勾引

中 要去美國。
A: 英 The United States.
音 勒　優乃踢　絲帶司

中 你有寄信了嗎？
A: 英 Did you send the letters?
音 低　優　善的　勒　類特斯

中 還沒，但是信都已準備好了要寄。
B: 英 Not yet. But They're ready for the post.
音 那　耶特　霸特　勒阿　瑞底　佛　勒　婆斯特

中 很好！
A: 英 Good.
音 估的

會話

中 我們都為新學期作好準備了。
A: 英 We're all ready for the new semester.
音 屋阿 歐 瑞底 佛 勒 紐 色門撕特

中 很好！你們要怎麼去學校？
B: 英 Good. How would you go to school?
音 估的 好 屋揪兒 購 兔 斯庫兒

中 這是秘密！
A: 英 It's a secret.
音 依次 ㄜ 西鬼特

像往常一樣

as usual

MP3 103

ㄟ斯　右左

中 你星期天都幾點起床？
A：英 When do you get up on Sundays?
音 昏　賭　優　給特 阿鋪 忘　桑安得斯

中 星期天我還是照常很早就起床。
B：英 I get up early as usual.
音 愛 給特 阿鋪 兒裡　ㄟ斯　右左

中 你今天早上有運動嗎？
A：英 Did you do exercises this morning?
音 低　優　賭　愛色賽斯一斯　利斯　摸寧

中 我還是跟往常一樣出去做運動。
B：英 I went out to do exercises as usual.
音 愛　問特　凹特　兔　賭　愛色賽斯一斯 ㄟ斯　右左

中 你早上吃了什麼？
A：英 What did you have for breakfast?
音 特　低　優　黑夫　佛　不來客非斯特

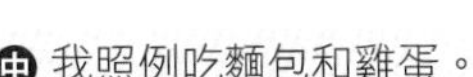

中 我照例吃麵包和雞蛋。

B：英 As usual, I had bread and egg.

音 ㄟ斯　右左　愛 黑的　不來得　安　愛課

通常

♠ **as a rule**

ㄟ斯 ㄜ 如爾

中 你什麼時候起床的？

A：英 When did you get up?

音 昏　低　優　給特 阿鋪

中 我通常六點鐘左右起床。

B：英 As a rule, I get up at six o'clock.

音 ㄟ斯 ㄜ 如爾　愛 給特　阿鋪 ㄟ 撕一撕 A 克拉克

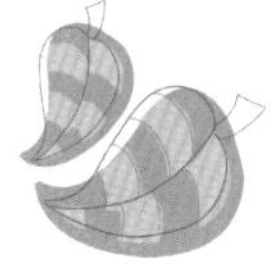

就在同時

at the same time

MP3 104

ㄟ　勒　桑姆　太ㄇ

A：中 你有看見任何人嗎？
英 Did you see anyone?
音 低　優　吸　安尼萬

B：中 就在同時，我有看見男性白種人。
英 At the same time, I saw a white guy.
音 ㄟ　勒　桑姆　太ㄇ　愛　瘦　ㄜ　懷特　蓋

然而

♠ **at the same time**

ㄟ　勒　桑姆　太ㄇ

A：中 然而我還是很愛你啊！
英 At the same time I love you so much.
音 ㄟ　勒　桑姆　太ㄇ　愛　勒夫　優　蒐　罵區

B：中 不要管我！
英 Just leave me alone!
音 賈斯特　力夫　密　A弄

一次的時間

♠ **at a time**

ㄟ ㄜ 太ㄇ

中 你怎麼不如期完成？

A: 英 Why didn't you do it on time?

音 壞 低等 優 賭 一特 忘 太ㄇ

中 我一次只能做一次件事。

B: 英 I can only do one thing at a time.

音 愛 肯 翁裡 賭 萬 性 ㄟ ㄜ 太ㄇ

偶爾

once in a while  *105*

萬斯 引 ㄜ 壞兒

中 你什麼時候會看見她的？

A: 英 When will you see her?

音 昏 我 優 吸 喝

中 她有時會來訪問我們。
B：英 She comes to visit us once in a while.
音 需 康斯 兔 咪Z特 惡斯 萬斯 引 ㄜ 壞兒

中 大衛？你怎麼會過來？
A：英 David? What brings you here?
音 大衛 華特 鋪印斯 優 ㄏ一爾

中 我偶爾會來拜訪我的叔叔！
B：英 I visit my uncle once in a while.
音 愛咪Z特 買 骯扣 萬斯 引 ㄜ 壞兒

中 我們偶爾會喝一杯！
A：英 We'd have a drink once in a while.
音 屋一的 黑夫 ㄜ 朱因克 萬斯 引 ㄜ 壞兒

中 是啊！要一起來嗎？
B：英 Yeah. Do you wanna join us?
音 訝 賭 優 望難 糾引 惡斯

中 聽起來不錯喔！
C：英 Sounds great.
音 桑斯 鬼雷特

有時候

♠ **now and then**

惱 安 蘭

中 你有多經常去看約翰？

A: 英 How often do you see John?

音 好 歐憒疼 睹 優 吸 強

中 他有時候會來拜訪我。

B: 英 He comes to visit me every now and then.

音 ㄏㄧ 康斯 兔 咪Z特 密 乜肥瑞 惱 安 蘭

只要

as long as

ㄟ斯 龍 ㄟ斯

中 你可以去游泳啊！

A: 英 You can go swimming.

音 優 肯 購 司溫命引

B：中 只要我答應完成嗎？
英 As long as I promise to finish it?
音 ㄟ斯 龍 ㄟ斯 愛 趴摩斯 兔 ㄈ尼續 一特

A：中 當然囉！
英 Sure.
音 秀

A：中 我可以養狗嗎？
英 May I have a dog?
音 美 愛 黑夫 ㄜ 鬥個

B：中 只要你答應…
英 As long as you promise...
音 ㄟ斯 龍 ㄟ斯 優 趴摩斯

A：中 我知道！這是我的責任。
英 I know. It's my responsibility.
音 愛 弄 依次 買 瑞斯旁捨批樂踢

B：中 沒錯！
英 That's right.
音 類茲 軟特

A：中 我應該怎麼辦？
英 What shall I do?
音 華特 修 愛 賭

中 只要你能準時完成！
B：英 As long as you do it on time.
音 ㄟ斯 龍 ㄟ斯 優 賭一特 忘 太ㄇ

遲早…
sooner or later

107

訓泥爾 歐 淚特

會話

中 不用擔心！我們會找到她的。
A：英 Don't worry. We'll find her.
音 動特 窩瑞 屋依我 煩的 喝

中 什麼時候？
B：英 When?
音 昏

中 我想是遲早的事。
A：英 Sooner or later, I guess.
音 訓泥爾 歐 淚特 愛 給斯

中 她遲早會發現的。
A：英 Sooner or later she's going to realize it.
音 訓泥爾 歐 淚特 需一斯 勾引 兔 瑞爾來日 一特

中 我恐怕會太晚了！
B：英 I'm afraid it's too late.
音 愛門 哀福瑞特 依次 兔 淚特

中 他遲早會回來！
A：英 Sooner or later he'll be back.
音 訓泥爾 歐 淚特 ㄏ一我 逼 貝克

中 我就是不想要看見他！
B：英 I just don't want to see him.
音 愛 賈斯特 動特 忘特 兔 吸 恨

中 得了吧，他是你弟弟啊！
A：英 Come on, he's your brother.
音 康 忘 ㄏ一斯 幼兒 不阿得兒

正忙於…

in the middle of

MP3 108

引　勒　　米斗　　歐夫

中 現在在忙嗎？
A: 英 Keeping busy now?
音 機舖引　逼日　惱

中 對，我正在忙！
B: 英 Yes, I'm in the middle of something.
音 夜司　愛門 引　勒　　米斗　歐夫　　桑性

中 喔，沒事啦！
A: 英 Oh, never mind.
音 喔　耐摩　麥得

中 當你聽到時，你們人在哪裡？
A: 英 Where were you when you heard it?
音 灰耳　我兒　優　昏　優　喝得　一特

中 我們正在吃晚餐。
B: 英 We were in the middle of supper.
音 屋依　我兒　引　勒　　米斗　歐夫　色伯

忙於做某事

♠ **be busy doing something**

逼　逼日　督引　桑性

會話

中 現在忙嗎？

A：英 Busy now?

音 逼日　惱

中 是啊，我正在忙著煮晚餐。

B：英 Yes. I'm busy cooking dinner.

音 夜司　愛門　逼日　庫克引　丁呢

會話

中 他打電話來時你在做什麼？

A：英 What were you doing when he called?

音 華特　我兒　優　督引　昏　ㄏ一　摳的

中 我在讀小說。

B：英 I'm busy reading a novel.

音 愛門　逼日　瑞丁　ㄜ　那佛

內外相反、徹底地

inside out MP3 109

引塞得　凹特

中 你把毛衣內外反穿了。
A: 英 You put your sweater on inside out.
音 優　鋪　幼兒　司為特　忘　引塞得　凹特

中 真的嗎？我瞧瞧！
B: 英 Really? Let's see...
音 瑞兒裡　辣資　吸

中 他合格嗎？
A: 英 Is he qualified?
音 意思 ㄏㄧ 跨了罰的

中 他對這個城市瞭若指掌。
B: 英 He knows the city inside out.
音 ㄏㄧ　弄斯　勒　西踢　引塞得　凹特

上下相反
♠ upside down
阿鋪塞得　黨

中 確定你有把它轉向成上下相反。
A: 英 Make sure you turn it upside down.
音 妹克 秀 優 疼 一特 阿舖塞得 黨

中 當然我會確定！
B: 英 Of course, I will.
音 歐夫 寇斯 愛 我

中 他做了什麼事？
A: 英 What did he do?
音 華特 低 厂一 賭

中 他把他們上下顛倒放在箱子裡。
B: 英 He put them upside down in a box.
音 厂一 鋪 樂門 阿舖塞得 黨 引 ㄜ 拔撕

在角落

in the corner

MP3 110

引　勒　摳呢

中 那個坐在角落的男人是誰？

A：英 Who's that man sitting in the corner?

音 乎斯　類　賣せ　西聽引　引　勒　摳呢

中 我不認識他。

B：英 I don't know him.

音 愛 動特　弄　恨

中 媽！艾瑞克拿我的玩具。

A：英 Mom! Eric took my toys!

音 媽　艾瑞克 兔克　買　頭乙斯

中 他們是我的！

B：英 They're mine!

音 勒阿　賣

中 你們兩人現在就去站在牆角罰站！

C：英 You go stand in the corner right now.

音 優　購　史丹　引　勒　摳呢　軟特　惱

在附近

♠ **around the corner**

婀壯　　勒　　摳呢

中 這附近有一間教堂。

A：英 There's a church around the corner.

音 淚兒斯　ㄜ　卻居　　婀壯　　勒　　摳呢

中 真的？你知道在哪裡嗎？

B：英 Really? Do you know where it is?

音 瑞兒裡　　賭　優　　弄　　灰耳　一特　意思

肩並肩

side by side　　MP3 *111*

塞得　　百　　塞得

中 他們在公園裡肩並肩散步。

A：英 We were walking side by side in the park.

音 屋依　我兒　臥克引　　塞得　百　塞得　引　勒　怕課

中 真是幸福啊！
B：英 How lovely!
音 好 勒夫裡

中 肩並肩坐好！
A：英 Sit side by side.
音 西 塞得 百 塞得

中 好的，老師。
B：英 Yes, sir.
音 夜司 捨

中 你看見了什麼嗎？
A：英 What did you see?
音 華特 低 優 吸

中 他們並列在桌上。
B：英 They stood side by side on the table.
音 勒 史兔得 塞得 百 塞得 忘 勒 特伯

中 我沒看見桌上有東西啊！
A：英 I don't see anything on the table.
音 愛 動特 吸 安尼性 忘 勒 特伯

一個接著一個

♠ **one by one**

萬 百 萬

中 他們一個接著一個寫下他們的名字。

A：英 They wrote down their names, one by one.

音 勒 若特 黨 淚兒 捏嗯斯 萬 百 萬

中 很好！

B：英 Good.

音 估的

Chapter

4

生活劇

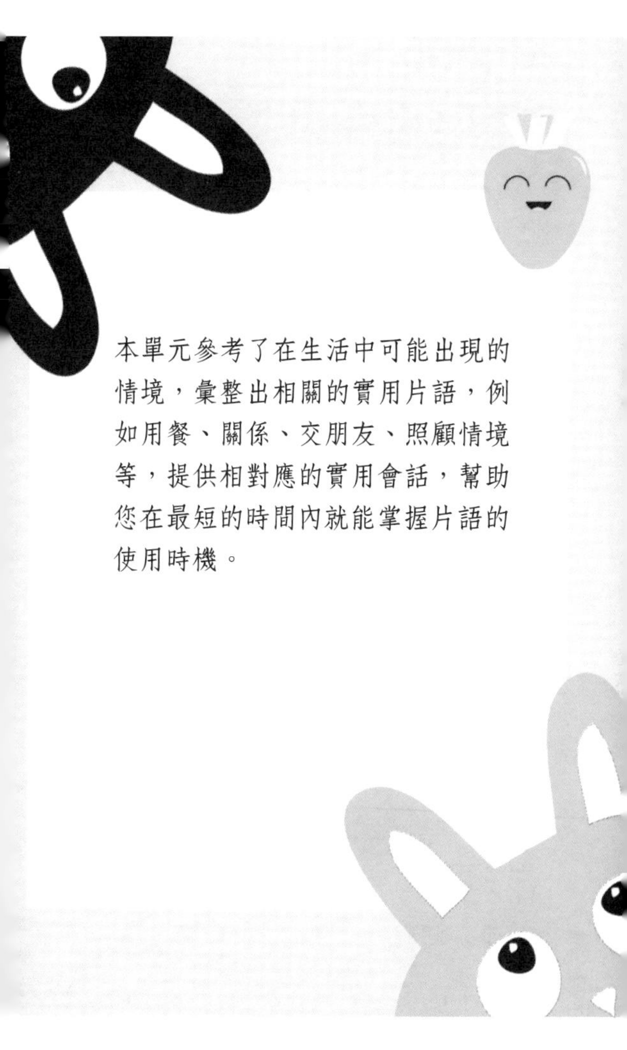

本單元參考了在生活中可能出現的情境，彙整出相關的實用片語，例如用餐、關係、交朋友、照顧情境等，提供相對應的實用會話，幫助您在最短的時間內就能掌握片語的使用時機。

在家裡

at home

MP3 112

ㄟ　厚

中 你在家裡做什麼？
A: 英 What are you doing at home?
音 華特　阿　優　督引　ㄟ　厚

中 我正在聽音樂！
B: 英 I'm listening to music.
音 愛門　樂身因　兔　謬日克

中 你在家裡有聽音樂嗎？
A: 英 Do you listen to the radio at home?
音 賭　優　樂身　兔　勒　瑞敵歐　ㄟ　厚

中 是的，我有！
B: 英 Yes, I do.
音 夜司　愛　賭

中 家裡見！
A: 英 I'll meet you at home.
音 愛我　密　揪　ㄟ　厚

中 好啊！等會見！
B：英 Sure! See you later.
音 秀 吸 優 淚特

按規定進食、節食

on a diet

忘 ㄜ 呆鵝

中 你還要吃一些蛋糕嗎？
A：英 Do you want more cakes?
音 賭 優 忘特 摩爾 K客斯

中 不用了，謝謝！我在節食中！
B：英 No, thanks. I'm on a diet.
音 弄 山克斯 愛門 忘 ㄜ 呆鵝

中 但是你現在太瘦了！
A：英 But you are too thin now.
音 霸特 優 阿 兔 施恩克 惱

相關

按規定飲食

♠ **on a diet**

忘 ㄜ 呆鵝

中 我要節食。

A: 英 I'm going on a diet.

音 愛門 勾引 忘 ㄜ 呆鵝

中 但是你看起來比以前還要瘦啊！

B: 英 But you look thinner than before!

音 霸特 優 路克 醒呢 連 必佛

在餐館吃飯

eat out

 *113*

一特 凹特

中 你很少在外面餐館用餐，對吧？

A: 英 You seldom eat out, right?

音 優 搜爾頓 一特 凹特 軟特

中 對啊！為什麼這麼問？
B：英 Yes, why?
音 夜司 壞

中 你明天晚上有事嗎？
A：英 Do you have any plans tomorrow night?
音 賭 優 黑夫 安尼 不蘭斯 特媽樓 耐特

中 沒有，有什麼事？
B：英 No. What's up?
音 弄 華資 阿鋪

中 我們明天晚上出去外面吃吧！
A：英 Let's eat out tomorrow night.
音 辣資 一特 凹特 特媽樓 耐特

中 不要，我不想要去。
B：英 No, I don't want to.
音 弄 愛 動特 忘特 兔

中 為了方便，我們經常外食。
A：英 We eat out a lot for the convenience.
音 屋依 一特 凹特 ㄜ 落的 佛 勒 康彌尼爾斯

中 但這對你們的健康不好啊！
B：英 But it's not good for your health.
音 霸特 依次 那 估的 佛 幼兒 害耳

恢復

get over 

給特 歐佛

中 他們很沮喪你沒有打電話給他們。
A：英 They're upset that you didn't call.
音 勒阿 阿鋪塞特 類 優 低等 摳

中 但是他們很快就會釋懷！
B：英 They'll get over it soon.
音 勒我 給特 歐佛 一特 訓

中 你為什麼會這麼認為？
A：英 What makes you think so?
音 華特 妹克斯 優 施恩克 蒐

中 蘇珊好嗎？
A: 英 How is Susan?
音 好 意思 蘇森

中 她感冒才剛剛痊癒！
B: 英 She's just getting over the flu.
音 需一斯 賈斯特 給聽 歐佛 勒 福路

克服
♠ **get over**
給特 歐佛

中 蘇珊無法克服她的害羞心理。
A: 英 Susan can't get over her shyness.
音 蘇森 肯特 給特 歐佛 喝 閃泥司

中 這就是為什麼你不能仰賴她啊！
B: 英 That's why you can't count on her.
音 類茲 壞 優 肯特 考特 忘 喝

二人之間的互相

each other

MP3 115

一區　阿樂

中 我應該怎麼辦？
A：英 What shall I do?
音 華特　修　愛　賭

中 你們應該互相幫忙。
B：英 You should help each other.
音 優　秀得　黑耳ㄆ　一區　阿樂

中 他們彼此相視。
A：英 They kept looking at each other.
音 勒　給波的　路克引　ㄟ　一區　阿樂

中 真是幸福！
B：英 How lovely.
音 好　勒夫裡

中 我們在一起很快樂。
A：英 We're so happy together.
音 屋阿　蒐　黑皮　特給樂

中 你們是天造地設的一對。
B：英 You were made for each other.
音 優 我兒 妹得 佛 一區 阿樂

互相(適用三人以上)
♠ **one another**
萬 ㄟ哪耳

中 學生們互相幫助。
A：英 The students help one another.
音 勒 司都等斯 黑耳ㄆ 萬 ㄟ哪耳

中 很好！
B：英 Good.
音 估的

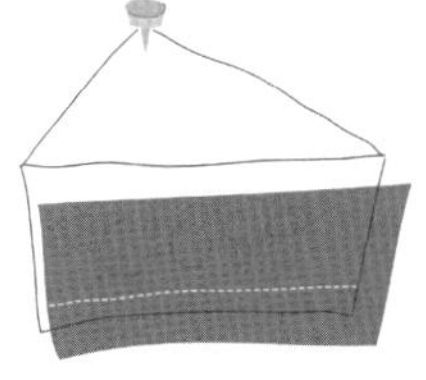

供承租

for rent

MP3 116

佛　潤特

A：
中 我們有一間房子要出租。
英 We have a house for rent.
音 屋依　黑夫　ㄜ　號斯　佛　潤特

B：
中 地點在哪裡？
英 Where is it located?
音 灰耳　意思　一特　樓K踢的

A：
中 在公園附近。
英 It's near the park.
音 依次　尼爾　勒　怕課

A：
中 你們那裡有房子要出租嗎？
英 Are there any apartments for rent there?
音 阿　淚兒　安尼　ㄜ怕特悶斯　佛　潤特　淚兒

B：
中 有，你要看一看嗎？
英 Yes, do you want to take a look?
音 夜司　賭　優　忘特　兔　坦克　ㄜ　路克

中 你有要找出租的公寓嗎？
A: 英 Did you look for an apartment for rent?
音 低 優 路克 佛 恩 ㄜ怕特悶特 佛 潤特

中 沒有，我會和我叔叔住在一起。
B: 英 No. I'll stay with my uncle.
音 弄 愛我 斯得 位斯 買 骯扣

幾個…

a few of

ㄜ 否 歐夫

中 你的計畫是什麼？
A: 英 What's your plan?
音 華資 幼兒 不蘭

中 我們幾個人會去看電影。
B: 英 A few of us will see the film.
音 ㄜ 否 歐夫 惡斯 我 吸 勒 非

中 有多少人參加派對？

A：英 How many people attended the party?

音 好 沒泥 批剖 せ天的 勒 趴提

中 只有少部分我的學生（有參加派對）。

B：英 Just a few of my students.

音 賈斯特 さ 否 歐夫 買 司都等斯

中 我奶奶昨天晚上過世了！

A：英 My grandmother passed away last night.

音 買 管安媽得兒 怕斯的 ㄟ為 賴斯特 耐特

中 你沒告訴我啊！

B：英 You didn't tell me.

音 優 低等 太耳 密

中 這件事只有我的幾個朋友知道。

A：英 Only a few of my friends knew it.

音 翁裡 さ 否 歐夫 買 富懶得撕 紐 一特

很多的…

♠ **a lot of**

さ 落的 歐夫

中 約翰收到了很多禮物。

A: 英 John got a lot of birthday presents.

音 強 咖 ㄜ 落的 歐夫 啵斯帶 撲一忍斯

中 糟糕！我完全忘記約翰的生日了！

B: 英 Shit! I totally forgot John's birthday.

音 序特 愛 偷頭裡 佛咖 強斯 啵斯帶

中 他們很富有。

A: 英 They have got a lot of money.

音 勒 黑夫 咖 ㄜ 落的 歐夫 曼尼

中 那又怎麼樣？

B: 英 So what?

音 蒐 華特

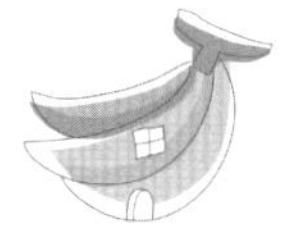

交朋友

make friends

MP3 118

妹克　富懶得撕

A: 中 你喜歡你的新生活嗎？
英 How do you like your new life?
音 好　賭　優　賴克　幼兒　紐　來夫

B: 中 我喜歡交新朋友。
英 I enjoy making new friends.
音 愛 因九引　妹青　紐　富懶得撕

A: 中 我交了很多的朋友。
英 I made a lot of friends.
音 愛　妹得　ㄜ 落的 歐夫 富懶得撕

B: 中 你還有和他們保持聯絡嗎？
英 Do you still keep in touch with them?
音 賭　優　斯提歐　機舖　引　踏區　位斯　樂門

A: 中 我有啊！
英 Yes, I do.
音 夜司 愛 賭

中 她交了很多朋友。
A: 英 She made a lot of friends.
音 需 妹得 ㄜ落的 歐夫 富懶得撕

中 對她來說是好事。
B: 英 It's good for her.
音 依次 估的 佛 喝

和…友好相處

get on with

MP3 119

給特 忘 位斯

中 約翰好嗎？
A: 英 How is John?
音 好 意思 強

中 約翰和同學們的關係不錯！
B: 英 He's getting on with his classmates.
音 ㄏ一斯 給聽 忘 位斯 ㄏ一斯 克萊斯妹斯

中 很好，我很為他高興。
A：英 Good. I'm really happy for him.
音 估的 愛門 瑞兒裡 黑皮 佛 恨

進展
♠ **get on with**
給特 忘 位斯

中 進展如何？
A：英 How are you getting on with it?
音 好 阿 優 給聽 忘 位斯 一特

中 我猜進度落後！
B：英 Behind the schedule, I guess.
音 逼害 勒 司給九 愛 給斯

中 太可惜了！
A：英 Too bad.
音 兔 貝特

進展
♠ **get along**
給特 A弄

會話

中 我不覺得我們還會有任何進展。
A：英 I don't think we'd get along anymore.
音 愛 動特 施恩克 屋一的 給特 A弄 安尼摩爾

中 為什麼不會？
B：英 Why not?
音 壞 那

中 你說呢？
A：英 You tell me!
音 優 太耳 密

和…（某人）關係良好

get along with MP3 *120*

給特 A弄 位斯

會話

中 你和家人的關係好嗎？
A：英 Do you get along with your family?
音 賭 優 給特 A弄 位斯 幼兒 非摸寧

中 是啊！我們很親密！
B：英 Yes, we're very close.
音 夜司　屋阿　肥瑞　克樓斯

中 我和我的朋友們關係不好！
A：英 I didn't get along with my friends.
音 愛 低等　給特　A弄　位斯　買　富懶得撕

中 為什麼不好？
B：英 Why not?
音 壞　那

中 他們彼此真的相處得很好。
A：英 They really get along with each other.
音 勒　瑞兒裡 給特　A弄　位斯　一區　阿樂

中 你有多少小孩？
B：英 How many kids do you have?
音 好　沒泥　ㄎ一資　睹　優　黑夫

中 只有兩個。
A：英 Only two.
音 翁裡　凸

照顧…

take care of

MP3 121

坦克　卡耳　歐夫

中 我得走了！
A：英 Got to go now.
音 咖　兔 購　惱

中 好吧！好好保重！
B：英 OK. Take care of yourself.
音 OK　坦克　卡耳 歐夫　幼兒塞兒夫

中 我不在的時候，請你照顧一下孩子。
A：英 Take care of the baby while I'm out.
音 坦克　卡耳 歐夫 勒　卑疵　壞兒 愛門 凹特

中 我會的，不用擔心！
B：英 I will. Don't worry.
音 愛 我　動特　窩瑞

中 護士把我父親照顧得很好。
A：英 The nurse takes good care of my father.
音 勒　忍司　坦克斯　估的　卡耳 歐夫 買　發得兒

中 唉喔，真想不到！
B：英 Well, what do you know.
音 威爾 華特 賭 優 弄

中 是啊！
A：英 Yeah.
音 訝

保重
♠ **take care**
坦克 卡耳

中 很高興和你聊天！再見！
A：英 It was nice talking to you. Bye.
音 一特 瓦雌 耐斯 透巜一因 兔 優 拜

中 是啊，保重喔！
B：英 OK, take care.
音 OK 坦克 卡耳

受騙

fall for

佛 佛

中 不要被他的詭計所騙。
A: 英 Don't fall for his tricks.
音 動特 佛 佛 ㄏ一斯 處一死

中 詭計？你為什麼會這麼認為？
B: 英 Tricks? What makes you think so?
音 處一死 華特 妹克斯 優 施恩克 蒐

中 我說我是警察，他就被騙了！
A: 英 I said I was a police, and he fell for it.
音 愛 曬得 愛 瓦雌ㄜ 撲利斯 安 ㄏ一 斐爾 佛 一特

中 不是開玩笑的吧？
A: 英 No kidding?
音 弄 ㄎ一ㄒ

愛上
♠ **fall for**
佛 佛

A: 中 艾瑞克愛上蘇珊了！
英 Eric has fallen for Susan.
音 艾瑞克 黑資 佛倫 佛 蘇森

B: 中 但是她不是他喜歡的型啊！
英 But she is not his type.
音 霸特 需 意思 那 ㄏ一斯 太撲

A: 中 她非常地愛他。
英 She fell for him in a big way.
音 需 斐爾 佛 恨 引 ㄜ 逼個 位

B: 中 真的？不可能！
英 Really? It's impossible.
音 瑞兒裡 依次 因趴色伯

愛上…某人

fall in love

MP3 123

佛　引　勒夫

中 你有交往的對象嗎？
A：英 Are you seeing someone?
音 阿　優　吸引　桑萬

中 有啊！我陷入愛河中了！
B：英 Yeah, I fall in love.
音 訝　愛 佛　引　勒夫

中 她在戀愛中。
A：英 She's fallen in love.
音 需一斯　佛倫　引 勒夫

中 然後她計畫要和他結婚。
B：英 And she made plans to marry him.
音 安　需　妹得　不蘭斯　兔　妹入　恨

中 你不覺得她太年輕嗎？
C：英 Don't you think she's too young?
音 動特　優　施恩克 需一斯　兔　羊

類似

與…（某人）戀愛中
♠ **be in love with**
逼 引 勒夫 位斯

A: 中 我陷入愛河中了！
英 I'm in love.
音 愛門 引 勒夫

B: 中 你是嗎？
英 You are?
音 優 阿

A: 中 我愛上他們兩人了！
英 I'm in love with both of them.
音 愛門 引 勒夫 位斯 伯 司 歐夫 樂門

B: 中 是約翰和艾瑞克？
英 John and Eric?
音 強 安 艾瑞克

A: 中 我愛上約翰了！
英 I fall in love with John.
音 愛 佛 引 勒夫 位斯 強

中 你說什麼？誰？
B：英 Excuse me? Who?
音 ㄟ克斯Q斯 密 乎

中 是約翰・懷特。
A：英 John White.
音 強 懷特

振作

cheer up  *124*

起兒 阿鋪

中 你來看！
A：英 Check this out!
音 切客 利斯 四特

中 振作起來，這消息不算太壞。
B：英 Cheer up! The news isn't too bad.
音 起兒 阿鋪 勒 紐斯 一任 兔 貝特

A: 中 我真的不敢相信！
英 I can't believe it.
音 愛 肯特 逼力福 一特

B: 中 高興點！事情沒有那麼糟。
英 Cheer up! Things aren't really that bad.
音 起兒 阿鋪 性斯 阿特 瑞兒裡 類 貝特

A: 中 高興點！沒什麼大不了啊！
英 Cheer up! It's no big deal at all.
音 起兒 阿鋪 依次 弄 逼個 低兒 ㄟ 歐

B: 中 那就不要管我！
英 Just leave me alone.
音 賈斯特 力夫 密 A弄

A: 中 隨便你！
英 Fine!
音 凡

A: 中 聽到這個好消息，每個人都興奮不已。
英 Everyone cheered up at the good news.
音 哀複瑞萬 起兒的 阿鋪 ㄟ 勒 估的 紐斯

中 我知道。但是事有蹊蹺！
B：英 I know. But something seems wrong.
音 愛 弄 霸特 桑性 西米斯 弄

玩得痛快

have a good time

 125

黑夫 ㄜ 估的 太ㄇ

中 放學後我們所有人都玩得很盡興！
A：英 We all had a good time after school.
音 屋依 歐 黑的 ㄜ 估的 太ㄇ 乜副特 斯庫兒

中 但是你忘記你的功課啦！
B：英 But you forgot your homework!
音 霸特 優 佛咖 幼兒 厚臥克

中 不用擔心，沒什麼大不了！
A：英 Don't worry. It's no big deal.
音 動特 窩瑞 依次 弄 逼個 低兒

中 你的週末過得好嗎？
A：英 How's your weekend?
音 好斯 幼兒 屋一肯特

中 我們在鄉下玩得很痛快。
B：英 We had a good time in the countryside.
音 屋依 黑的ㄜ 估的 太ㄇ 引 勒 康吹塞得

過得很快樂
♠ **have fun**
黑夫 放

中 好玩嗎？
A：英 Did you have fun?
音 低 優 黑夫 放

中 有啊！我玩得很開心。
B：英 Yes, I had a good time.
音 夜司 愛 黑的ㄜ 估的 太ㄇ

過得很快樂
♠ **enjoy oneself**
因九引 萬斯塞兒夫

中 媽，下週見囉！
A: 英 See you next week, mom!
音 吸 優 耐司特 屋一克 媽

中 好好玩吧！
B: 英 Enjoy yourself.
音 因九引 幼兒塞兒夫

拜訪

look up MP3 *126*

路克 阿鋪

中 你來台北的時候要來拜訪我！
A: 英 Look me up when you're in Taipei.
音 路克 密 阿鋪 昏 優矮 引 台北

中 我會的，再見！
B: 英 I will. Bye.
音 愛我 拜

中 我在回家的路上順道去拜訪他。

A: 英 I just look him up on my way home.

音 愛賈斯特 路克 恨 阿鋪 忘 買 位 厚

中 他好嗎？

B: 英 How is he?

音 好 意思 ㄏㄧ

中 我覺得不太好！

A: 英 Terrible, I guess.

音 太蘿蔔 愛 給斯

中 我改天會再去拜訪艾瑞克。

A: 英 I'd look Eric up some other time.

音 愛屋 路克 艾瑞克 阿鋪 桑 阿樂 太ㄇ

中 告訴他我很想他。

B: 英 Tell him I miss him.

音 太耳 恨 愛 密斯 恨

中 我會的！

A: 英 I will.

音 愛 我

查閱、查詢
♠ **look up**
路克 阿鋪

中 我真的不敢相信！
A: 英 I can't believe it.
音 愛 肯特 逼力福 一特

中 你可以去查詢。
B: 英 You can just look it up.
音 優 肯 賈斯特 路克 一特 阿鋪

中 我會的！
A: 英 I will.
音 愛 我

全力以赴

do someone's best

 127

賭 桑萬斯 貝斯特

中 不要讓我失望。
A: 英 Don't make me down.
音 動特 妹克 密 黨

中 我不會的！我會全力以赴！
B：英 I won't. I'll do my best.
音 愛 甕 愛我 賭 買 貝斯特

中 真高興聽你這麼說！
A：英 I'm glad to hear that.
音 愛門 葛雷得 兔 ㄏ一爾 類

中 希望你們能贏得比賽。
A：英 We hope you will win the game.
音 屋依 厚ㄆ 優 我 屋依 勒 給門

中 我們會全力以赴。
B：英 We'll do our best.
音 屋依我 賭 凹兒 貝斯特

中 很好！
A：英 Good.
音 估的

中 我不知道耶…太冒險了！
A：英 I don't know... it's too risky.
音 愛 動特 弄 依次 兔 瑞司其

中 盡力吧！快一點！
B：英 Do your best. Move on!
音 賭 幼兒 貝斯特 木副 忘

中 拜託！不要再說了！
A: 英 Please! Say no more.
音 普利斯 塞 弄 摩爾

根據
according to

128

阿闊丁引 兔

中 你不可以這麼對待他們！
A: 英 You can't do this to them.
音 優 肯特 賭 利斯 兔 樂門

中 憑什麼這麼說？
B: 英 According to what?
音 阿闊丁引 兔 華特

中 根據法律啊！
A: 英 According to the law.
音 阿闊丁引 兔 勒 漏

中 根據我們的記錄，你欠我們 6 元。
A: 英 According to our records you owe us $ 6.
音 阿闊丁引 兔 凹兒 瑞扣的斯 優 歐 惡斯 撕一撕 搭樂斯

中 不可能啊！
B：英 It's impossible.
音 依次　因趴色伯

取決於…
♠ **according to**
阿闊丁引　兔

中 他將遭受懲罰！
A：英 He will be punished.
音 ㄏ一　我　逼　怕你需的

中 為什麼？
B：英 Why?
音 壞

中 根據他的成績啊！
A：英 According to his grade.
音 阿闊丁引　兔 ㄏ一斯　貴的

中 有那麼差嗎？
B：英 Is that bad?
音 意思　類　貝特

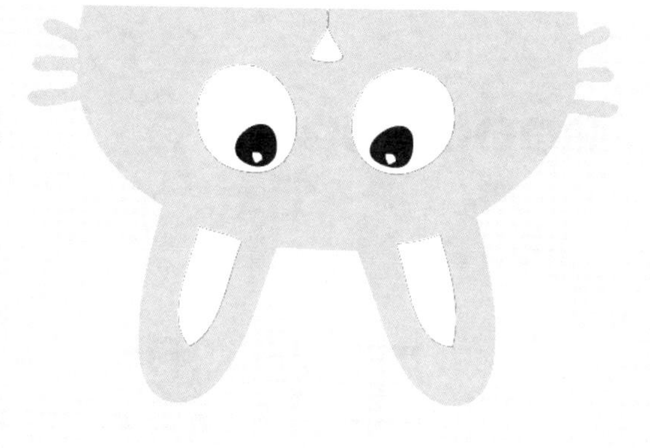

Chapter

5

工作劇

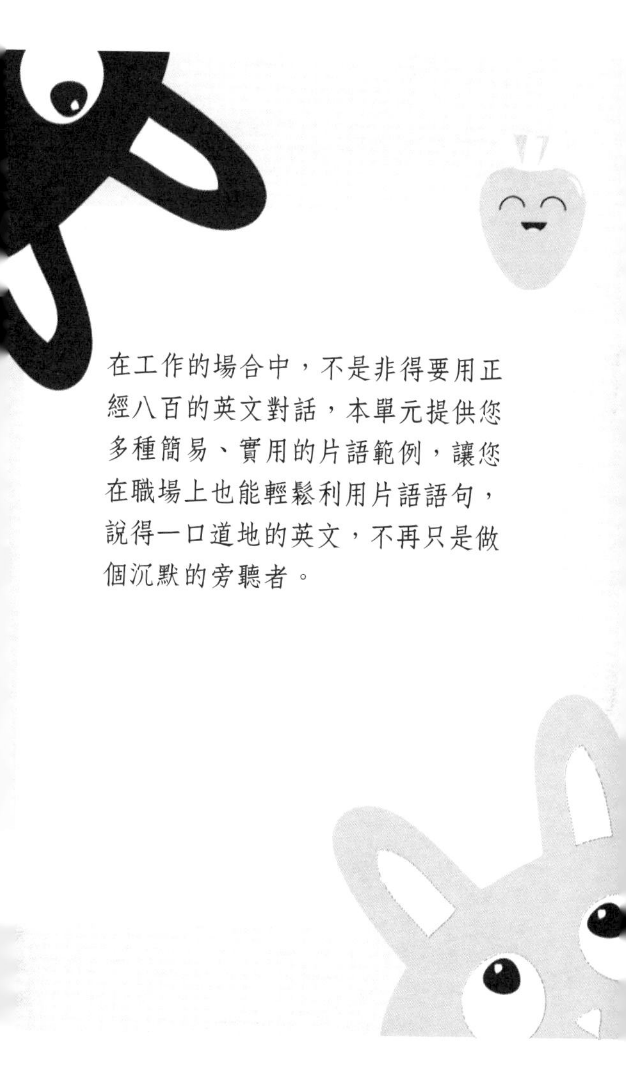

在工作的場合中，不是非得要用正經八百的英文對話，本單元提供您多種簡易、實用的片語範例，讓您在職場上也能輕鬆利用片語語句，說得一口道地的英文，不再只是做個沉默的旁聽者。

對…負責

be responsible for

MP3 129

逼　瑞司旁色婆　佛

A: 中 這裡是由誰負責的？
英 Who is in charge here?
音 乎 意思 引 差居 ㄏ一爾

B: 中 是我！
英 It's me.
音 依次 密

A: 中 你應對這一切負責。
英 You're responsible for all this.
音 優矮 瑞司旁色婆 佛 歐 利斯

B: 中 有什麼需要我協助嗎？
英 What can I do for you?
音 華特 肯 愛 賭 佛 優

A: 中 我負責她的安全。
英 I'm responsible for her safety.
音 愛門 瑞司旁色婆 佛 喝 賽夫提

中 你？呃，我不這麼認為！
B：英 You? Well, I don't think so.
音 優 威爾 愛 動特 施恩克 蒐

中 我對她負責。
A：英 I am responsible for her.
音 愛M 瑞司旁色婆 佛 喝

中 你是誰？
B：英 You are?
音 優 阿

中 我是她阿姨。
A：英 I am her aunt.
音 愛M 喝 案特

中 你認為呢？
A：英 What would you think?
音 華特 屋揪兒 施恩克

中 他們要為核子安全負責。
B：英 They're responsible for nuclear safety.
音 勒阿 瑞司旁色婆 佛 扭克里兒 賽夫提

負責

in charge

MP3 130

引　　差居

中 這裡是由誰負責的？
A: 英 Who's in charge here?
音 乎斯　引　差居　厂一爾

中 這裡由我負責。有什麼需要我協助嗎？
B: 英 I'm in charge here. What can I do for you?
音 愛門 引　差居　厂一爾　華特　肯　愛　賭　佛　優

中 這裡由我負責。需要我的協助嗎？
A: 英 I'm in charge here. May I help you?
音 愛門 引　差居　厂一爾　美　愛　黑耳ㄆ　優

中 是的！可以幫我一個忙嗎？
B: 英 Yes. Would you please do me a favor?
音 夜司　屋揪兒　普利斯　賭　密　ㄜ　肥佛

負責
♠ **in charge of**
引　　差居　　歐夫

中 你負責做沙拉。
A：英 You're in charge of making the salad.
音 優矮 引 差居 歐夫 妹青 勒 沙拉

中 又是我？為什麼？
B：英 Me again? Why?
音 密 愛乾 壞

中 做就對了！
A：英 Just do it.
音 賈斯特 賭 一特

處理

deal with

低兒 位斯

中 你要如何處理這個問題？
A：英 How would you deal with this problem?
音 好 屋揪兒 低兒 位斯 利斯 撲拉本

中 我不知道！你告訴我啊！
B：英 I don't know. You tell me.
音 愛 動特 弄 優 太耳 密

中 我不知道該怎麼處理。
A：英 I don't know how to deal with it.
音 愛 動特 弄 好 兔 低兒 位斯 一特

中 喔，得了吧！我示範給你看！
B：英 Oh, come on. Let me show you.
音 喔 康 忘 勒 密 秀 優

相關

交往
♠ **deal with**
低兒 位斯

中 他和人相處很有一套。
A：英 He's an ability to deal with people.
音 ㄏ一斯 恩 惡劈落踢 兔 低兒 位斯 批剖

中 你是什麼意思？
B：英 What do you mean by that?
音 華特 賭 優 密 百 類

中 他和他的朋友經常相處得很好！
A: 英 He usually gets along with his friends.
音 ㄏ一 右左裡 給斯 A弄 位斯 ㄏ一斯 富懶得撕

銷售

for sale

佛 賽爾

中 我可以看一下那盞燈嗎？
A: 英 May I see that lamp?
音 美 愛 吸 類 藍撲

中 抱歉！那盞燈並沒有要出售。
B: 英 Sorry. It's not for sale.
音 蒐瑞 依次 那 佛 賽爾

中 這些帽子是要賣的嗎？
A: 英 Are these hats for sale?
音 阿 利斯 黑特斯 佛 賽爾

中 沒有，他們沒有要販售。
B：英 No, they're not for sale.
音 弄 勒阿 那 佛 賽爾

會話

中 我要出售這一個。
A：英 I have this one for sale.
音 愛 黑夫 利斯 萬 佛 賽爾

中 多少錢？
B：英 How much is it?
音 好 罵區 意思 一特

中 十九元。
A：英 Nineteen.
音 耐聽

中 給你！不用找零了！
B：英 Here you are. Keep the change.
音 ㄏ一爾 優 阿 機舖 勒 勸居

特價出售

on sale

忘 賽爾

中 這輛新車現在特價出售。

A: 英 The new car is on sale now.

音 勒 紐 卡 意思 忘 賽爾 惱

中 多少錢？

B: 英 How much is it?

音 好 罵區 意思 一特

中 這些襯衫很便宜。

A: 英 These shirts are very cheap.

音 利斯 秀資 阿 肥瑞 去ㄆ

中 真的嗎？為什麼？

B: 英 Really? Why?

音 瑞兒裡 壞

中 因為正在特價出售。

A: 英 Because they are on sale.

音 逼寇司 勒 阿 忘 賽爾

中 多少錢？
B：英 How much is it?
音 好 罵區 意思 一特

中 需要我幫忙嗎？
A：英 How may I help you?
音 好 美 愛 黑耳ㄆ 優

中 這些衣服有在特價嗎？
B：英 Are these dresses on sale?
音 阿 利斯 吹斯一絲 忘 賽爾

中 有的！他們有特價。
A：英 Yes, they are.
音 夜司 勒 阿

經營
deal in

低兒　引

中 這家商店經營皮革製品。
A: 英 This shop deals in leather ware.
音 利斯　夏普　低兒斯　引　力捨　餵兒

中 這是你的店嗎？
B: 英 Do you own this shop?
音 賭　優　翁　利斯　夏普

中 約翰從事什麼工作？
A: 英 What's John's occupation?
音 華資　強斯　阿就陪訓

中 他從事外貿工作。
B: 英 He deals in foreign trade.
音 ㄏ一 低兒斯　引　佛蕊　吹的

做生意
♠ **do business**
賭　逼斯泥斯

中 你是做什麼的？
A: 英 What do you do?
音 華特 賭 優 賭

中 我和日本人做生意。
B: 英 I do business with Japanese.
音 愛 賭 逼斯泥斯 位斯 假潘尼斯

在值班中

on duty MP3 *135*

忘 斗踢

中 艾瑞克人在哪裡？
A: 英 Where is Eric?
音 灰耳 意思 艾瑞克

中 他在值勤中。
B: 英 He's on duty.
音 ㄏ一斯 忘 斗踢

中 我在一個寒冷的冬夜中值勤。
A: 英 I was on duty in a cold winter night.
音 愛瓦雌 忘 斗踢 引 ㄜ 寇得 溫特 耐特

中 這工作不輕鬆。
B: 英 It's not an easy job.
音 依次 那 恩 一日 假伯

中 他沒有時間討論。
A: 英 He doesn't have time to talk about it.
音 ㄏ一 得任 黑夫 太ㄇ 兔 透克 ㄜ保特 一特

中 為什麼沒有？
B: 英 Why not?
音 壞 那

中 他要再值班三個小時。
A: 英 He is on duty for another three hours.
音 ㄏ一 意思 忘 斗踢 佛 ㄟ哪耳 樹裡 傲爾斯

沒有在值班

off duty

歐夫　斗踢

中 我晚上不用值班。
A：英 I go off duty at midnight.
音 愛　購　歐夫　斗踢　ㄟ　咪的 耐特

中 太好了！要和我們一起去嗎？
B：英 Good. Wanna come with us?
音 估的　望難　康　位斯　惡斯

中 假日沒有免費公車服務！
A：英 Service Bus is off duty on holiday.
音 蛇密斯　巴士　意思　歐夫　斗踢　忘　哈樂得

中 太可惜了！
B：英 It's too bad.
音 依次　兔　貝特

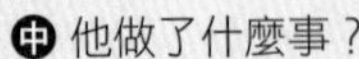
中 他做了什麼事？
A：英 What did he do?
音 華特　低　ㄏ一　賭

中 我沒有值班的時候，他一直打電話給我。
B：英 He kept calling me while I was off duty.
音 ㄏㄧ 給波的 摳林 密 壞兒 愛瓦雌 歐夫 斗踢

中 蘇珊人在哪裡？
A：英 Where is Susan?
音 灰耳 意思 蘇森

中 她晚上沒有值班。
B：英 She goes off duty at midnight.
音 需 勾斯 歐夫 斗踢 ㄟ 咪的耐特

在工作崗位上待命

on call

MP3 137

忘 摳

中 週末時她經常都要待命。
A：英 She's often on call at the weekend.
音 需一斯 歐憤疼 忘 摳 ㄟ 勒 屋一肯特

B：中 她的工作是什麼？
英 What does she do?
音 華特 得斯 需 賭

A：中 她是一位醫生。
英 She's a doctor.
音 需一斯 ㄜ 搭特兒

A：中 你週末有空嗎？
英 Do you have time on the weekend?
音 賭 優 黑夫 太ㄇ 忘 勒 屋一肯特

B：中 我會在週末時待命。
英 No. I'm on call on the weekend.
音 弄 愛門 忘 摳 忘 勒 屋一肯特

值勤中

♠ **on the job**

忘 勒 假伯

A：中 我可以和艾瑞克說話嗎？
英 May I speak to Eric?
音 美 愛 司批客 兔 艾瑞克

中 他現在在上班中。
B：英 He is on the job now.
音 厂一 意思 忘 勒 假伯 惱

中 喔，不會吧！
A：英 Oh, no!
音 喔 弄

中 你過一會兒再打電話給他好嗎？
B：英 Could you call him back later?
音 苦揪兒 摳 恨 貝克 淚特

中 他們正在忙著抓賊。
A：英 They were on the job and caught thieves.
音 勒 我兒 忘 勒 假伯 安 扣特 西佛寺

中 有抓到他們嗎？
B：英 Did they catch them?
音 低 勒 凱區 樂門

中 我想應該是沒有！
A：英 I don't think so.
音 愛 動特 施恩克 蒐

上班中

at work

MP3 138

ㄟ　臥克

中 我要照顧我的弟弟們。
A：英 I have charge of my brothers.
音 愛 黑夫　差居　歐夫 買　不阿得兒斯

中 你父母在哪裡？
B：英 Where are your parents?
音 灰耳　阿　幼兒　配潤斯

中 在上班。
A：英 At work.
音 ㄟ　臥克

中 這工作不輕鬆。
B：英 It's not an easy job.
音 依次　那　恩　一日　假伯

中 艾瑞克人在哪裡？
A：英 Where is Eric?
音 灰耳　意思 艾瑞克

中 我不太清楚！
B：英 I don't know for sure.
音 愛　動特　弄　佛　秀

中 你是什麼意思？
A：英 What do you mean by that?
音 華特 賭 優 密 百 類

中 我們預期他今天會來上班。
B：英 We expect him at work today.
音 屋依 醫師波特 恨 ㄟ 臥克 特得

中 上班的時間打電話給我。
A：英 Call me at work.
音 摳 密 ㄟ 臥克

中 好！我會在十點鐘打電話給你。
B：英 Sure. I'll call you at ten o'clock.
音 秀 愛我 摳 優 ㄟ 天 A克拉克

（在上班日）休假

take off

MP3 139

坦克　歐夫

A: 中 我在十二月份休了十天的假。
英 I took ten days off in December.
音 愛 兔克　天　得斯　歐夫 引　低三八

B: 中 你去了哪裡？
英 Where did you go?
音 灰耳　低　優　購

A: 中 我回去美國。
英 I went back to the USA.
音 愛 問特　貝克　兔　勒　USA

A: 中 我星期一休假！
英 I'm taking Monday off.
音 愛門　坦克因　慢得　歐夫

B: 中 對你來說是好事。
英 It's good for you.
音 依次　估的　佛　優

中 你需要稍微休假。
A: 英 You need to take off for a little while.
音 優 尼的 兔 坦克 歐夫 佛 ㄜ 裡頭 壞兒

中 不，我沒辦法啊！
B: 英 No! I just can't.
音 弄 愛賈斯特 肯特

去度假
♠ **go on vacation**
購 忘 肥肯遜

中 你應該要去度假。
A: 英 You shall go on a vacation.
音 優 修 購 忘ㄜ 肥肯遜

中 不行，我不可以！我太忙了！
B: 英 No. I can't. I'm too busy.
音 弄 愛 肯特 愛門 兔 逼日

菜英文・實用會話篇

雅致風靡　典藏文化

親愛的顧客您好，感謝您購買這本書。即日起，填寫讀者回函卡寄回至本公司，我們每月將抽出一百名回函讀者，寄出精美禮物並享有生日當月購書優惠！

您也可以選擇傳真、掃描或用本公司準備的免郵回函寄回，謝謝。

姓名：　性別：　□男　□女

出生日期：　年　月　日　電話：

學歷：　職業：

E-mail：

地址：□□□

從何處購買此書：　購買金額：　元

購買本書動機：□封面 □書名 □排版 □內容 □作者 □偶然衝動

你對本書的意見：
內容：□滿意□尚可□待改進　編輯：□滿意□尚可□待改進
封面：□滿意□尚可□待改進　定價：□滿意□尚可□待改進

其他建議：

總經銷：永續圖書有限公司

永續圖書線上購物網
www.foreverbooks.com.tw

您可以使用以下方式將回函寄回。

您的回覆，是我們進步的最大動力，謝謝。

① 使用本公司準備的免郵回函寄回。

② 傳真電話：（02）8647-3660

③ 掃描圖檔寄到電子信箱：

yungjiuh@ms45.hinet.net

沿此線對折後寄回，謝謝。

廣 告 回 信
基隆郵局登記證
基隆廣字第056號

2 2 1-0 3

雅典文化事業有限公司　收

新北市汐止區大同路三段194號9樓之1

雅致風靡　典藏文化